March 1983

Labirinto é baseado no filme produzido por Jim Henson, George Lucas e Eric Rattray, dirigido por Jim Henson e tendo George Lucas como produtor executivo, David Lazer como produtor executivo de supervisão, roteiro de Terry Jones e design conceitual de Brian Froud. O roteiro de Terry Jones é baseado na história criada por Jim Henson e Dennis Lee. Agradecimentos especiais a Laura Phillips.

ARCHAIA | Jim Henson THE JIM HENSON COMPANY

Tradução para a língua portuguesa
© Giovanna Louise, 2016

Diretor Editorial
Christiano Menezes

Diretor Comercial
Chico de Assis

Editor
Bruno Dorigatti

Capa e Projeto Gráfico
Retina 78

Designer Assistente
Pauline Qui

Revisão
Isadora Torres
Retina Conteúdo

Impressão e acabamento
Gráfica Geográfica

DADOS INTERNACIONAIS DE CATALOGAÇÃO NA PUBLICAÇÃO (CIP)
Angélica Ilacqua CRB-8/7057

Henson, Jim
Labirinto / Jim Henson, A.C.H. Smith ; tradução de Giovanna Louise ; ilustrações de Brian Froud. — Rio de Janeiro : DarkSide Books, 2016.
272 p. : il.

ISBN: 978-85-9454-009-6
Título original: *Labyrinth: The Novelization*

1. Literatura norte-americana 2. Ficção I. Título II. Smith, A.C.H. III. Louise, Giovanna IV. Froud, Brian

16-0810 CDD 813

Índices para catálogo sistemático:

1. Literatura norte-americana

[2016]
Todos os direitos desta edição reservados à
DarkSide® *Entretenimento LTDA.*
Rua do Russel, 450/501 - 22210-010
Glória - Rio de Janeiro - RJ - Brasil
www.darksidebooks.com

Baseado no filme de ***Jim Henson***

Adaptação
A.C.H. SMITH

Jim Henson

LABIRINTO

O LIVRO

Ilustrações
BRIAN FROUD

Tradução
GIOVANNA LOUISE

DARKSIDE

Jim Henson

LABIRINTO

A.C.H. SMITH

SUMÁRIO

A CORUJA BRANCA
Capítulo I. *pg*.13

O QUE ESTÁ DITO, ESTÁ DITO
Capítulo II. *pg*.29

NANICO
Capítulo III. *pg*.38

QUAL É QUAL
Capítulo IV. *pg*.48

LEMBRANÇAS RUINS
Capítulo V. *pg*.59

CADA VEZ MAIS PARA CIMA
Capítulo VI. *pg*.74

O SENTIDO DA VIDA
Capítulo VII. *pg*.79

UMA VOZ MUITO ALTA
Capítulo VIII. *pg*.88

OUTRA PORTA SE ABRE
Capítulo IX. *pg*.97

NÃO É PROBLEMA
Capítulo X. *pg*.106

JANELAS NO DESERTO
Capítulo XI. *pg*.115

NENHUM PÁSSARO CANTA
Capítulo XII. *pg.*123

UMA MORDIDA
Capítulo XIII. *pg.*136

EMBALADOS PELA MÚSICA
Capítulo XIV. *pg.*145

O MELHOR MOMENTO
DA VIDA DE SARAH
Capítulo XV. *pg.*152

OS PORTÕES DA
CIDADE DOS DUENDES
Capítulo XVI. *pg.*160

PELAS BARBAS
DO PROFETA
Capítulo XVII. *pg.*169

APARÊNCIAS
Capítulo XVIII. *pg.*179

BOA NOITE
Capítulo XIX. *pg.*188

BRIAN FROUD
Galeria de ilustrações *pg.*195

VOLTAS E
REVIRAVOLTAS
As primeiras ideias, 1983 .... *pg.*217

JIM HENSON
Diário de Criação *pg.*225

Jim Henson

LABIRINTO

O LIVRO

A CORUJA BRANCA

I

Ninguém via a coruja, branca à luz do luar, negra contra as estrelas. Ninguém a ouvia planando no ar, com silenciosas asas de veludo. Mas a coruja tudo via e tudo ouvia.
Ela pousou numa árvore, as garras fincadas em um galho, e fixou os olhos na garota que estava na clareira ali embaixo. O vento gemia, balançando o galho, fazendo correr as baixas nuvens pelo céu noturno, erguendo os cabelos da garota. A coruja a observava com seus olhos redondos e escuros.

A garota saiu devagar do meio das árvores, rumo ao centro da clareira, onde cintilava um tanque. Ela estava concentrada. Cada passo deliberado a aproximava de seu propósito. Ela trazia as mãos abertas, levemente estendidas à frente. O vento sussurrou novamente nas árvores, fazendo a capa da garota envolver seu corpo esguio num abraço apertado e agitando seus cabelos em volta do rosto inocente. Seus lábios estavam entreabertos.

"Dê-me a criança", disse Sarah, em voz baixa, mas firme, cheia da coragem que sua busca exigia. Ela parou, as mãos ainda estendidas. "Dê-me a criança", repetiu. "Enfrentando perigos indizíveis e dificuldades sem conta, lutei para percorrer o caminho até aqui, ao castelo para além da Cidade dos Duendes, para levar de volta a criança que você roubou." A garota mordeu o lábio e prosseguiu: "Pois minha vontade é tão forte quanto a sua... e meu reino igualmente grande...".

Ela fechou os olhos, apertando-os com força. O trovão retumbou. A coruja piscou, uma vez.

"Minha vontade é tão forte quanto a sua." Sarah falava com ainda mais veemência agora. "E meu reino, igualmente grande..." Ela franziu o rosto, e os ombros desabaram.

"Ah, droga", murmurou.

Colocando a mão por baixo da capa, ela retirou um livro, cujo título era *O Labirinto*. Segurando o objeto à sua frente, a garota leu um trecho em voz alta. Na luz que desvanecia, não era fácil distinguir as palavras. "Você não tem poder sobre mim..."

Ela não foi adiante. Outro trovão, agora mais próximo, a fez estremecer, assustando também um grande e felpudo cão pastor, que não se incomodara de sentar às margens do tanque e levar uma bronca de Sarah, mas que agora havia decidido que era hora de ir para casa, e o disse com vários latidos barulhentos.

Sarah aconchegou a capa ao redor do corpo, embora ela não aquecesse muito, já que não passava de uma velha cortina, cortada e presa ao pescoço por um broche de vidro. A garota ignorou Merlin, o cão pastor, enquanto se concentrava em decorar a fala do livro. "Você não tem poder sobre mim", sussurrou. Ela fechou os olhos novamente e repetiu a frase várias vezes.

Um relógio acima do pequeno pavilhão do parque badalou sete vezes, perturbando a concentração de Sarah. Ela encarou Merlin. "Ah, não", disse. "Não acredito. Já são *sete* horas, não é?"

Merlin levantou-se e sacudiu o corpo, pressentindo que alguma atividade mais interessante estava por vir. Sarah virou-se e saiu correndo. Merlin a seguiu. Das pesadas nuvens começaram a cair grandes gotas de chuva sobre os dois.

A coruja havia assistido a tudo. Quando Sarah e Merlin deixaram o parque, ela permaneceu sentada em seu galho, imóvel, sem a menor pressa de segui-los. Aquela era sua hora do dia. Ela sabia o que queria. Uma coruja nasce com todas as suas perguntas respondidas.

Ao longo de todo o trajeto pela rua margeada de ambos os lados por fileiras de casas vitorianas cercadas por sebes de alfeneiros, todas semelhantes à dela, Sarah murmurava para si mesma: "Não é justo, não é justo". O murmúrio havia se transformado em respiração ofegante quando ela avistou sua casa. Merlin, que a acompanhava, saltitando sobre as patas peludas, também arfava. Sua dona, que costumava caminhar com passos suaves e sonhadores, tinha esse hábito estranho de gostar de sair correndo do parque para voltar para casa ao entardecer. Talvez aquela coruja tivesse alguma coisa a ver com isso. Merlin não tinha certeza. Mas se tinha uma coisa que sabia é que não gostava da coruja.

"Não é *justo.*" Sarah estava quase aos soluços. O mundo como um todo não era justo, só raramente, mas a madrasta em especial era impiedosamente injusta com ela. E lá estava a mulher agora, à porta da frente da casa, toda arrumada, com aquele seu pavoroso vestido de noite azul-escuro, o casaco de pele aberto revelando o grande decote, o colar horroroso, que cintilava com vulgaridade sobre o colo sardento, e — dá para acreditar? — ela olhava para o relógio. Não estava simplesmente olhando para ele, mas encarando-o, para ter certeza de que Sarah se sentisse culpada antes mesmo de ser mais uma vez acusada.

Ao parar no caminho que atravessa o jardim da frente, Sarah já ouviu o irmãozinho, Toby, aos berros dentro da casa. Na verdade, ele era seu meio-irmão, mas ela não o chamava assim, não desde que sua amiga da escola, Alice, perguntara "O que é a outra metade dele, então?", e Sarah não fora capaz de pensar em uma resposta. "Metade nada a ver comigo." Não era uma boa resposta. E também não era verdade. Às vezes, ela era uma protetora feroz do irmão, queria vesti-lo e carregá-lo nos braços e afastá-lo de tudo aquilo, levá-lo para um lugar melhor, um mundo mais bonito, talvez uma ilha distante.

Em outras ocasiões — e esta era uma delas —, a garota odiava Toby, que tinha um pai e uma mãe à disposição dele, o dobro do que ela tinha. Quando odiava Toby, Sarah ficava assustada, porque seu ódio a fazia pensar em como poderia machucá-lo. Deve haver alguma coisa errada comigo, ela costumava refletir, por chegar mesmo a pensar em machucar alguém que amo tão loucamente; ou será que há algo errado em amar tanto alguém que eu odeio? Ela desejava ter uma amiga que compreendesse seu dilema, e talvez o explicasse, mas não havia ninguém. Suas amigas da escola a achariam uma bruxa se ela sequer mencionasse a ideia de machucar Toby, e, quanto ao pai, isso iria assustá-lo ainda mais do que assustava a própria Sarah. Então, ela mantinha essa dúvida bem escondida.

Sarah colocou-se diante da madrasta e deliberadamente ergueu a cabeça. "Sinto muito", disse, com a voz entediada para mostrar que ela não sentia muito coisa nenhuma, e que, de qualquer maneira, era desnecessário fazer um drama a respeito da situação.

"Bem", disse-lhe a madrasta, "não fique aí fora na chuva. Venha." Ela deu um passo para o lado, a fim de dar espaço para Sarah passar por ela e entrar, e olhou mais uma vez de relance para seu relógio de pulso.

Sarah fazia questão de jamais tocar na madrasta, nem mesmo roçar em suas roupas. Ela passou de lado, bem rente ao batente da porta, para entrar. Merlin começou a segui-la.

"O cachorro, não", disse a madrasta.

"Mas está chovendo muito."

A madrasta sacudiu o dedo para Merlin duas vezes. "Para a garagem, você", mandou. "Ande."

Merlin baixou a cabeça e saiu trotando pela lateral da casa. Sarah observou-o e mordeu o lábio. Por que, ela se perguntava pela trilionésima vez, a madrasta tem de fazer esta cena sempre que eles saem à noite? Era algo tão *caricato* — essa era uma das palavras favoritas de Sarah desde que ouvira o coadjuvante da mãe, Jeremy, usá-la para diminuir outro ator na peça que estavam fazendo — que *balaio de clichês exagerados*. Ela lembrou como Jeremy havia soado francês quando disse *clichês*, fazendo-a vibrar com sua sofisticação. Por que a madrasta não conseguia encontrar *uma nova maneira de representar o papel*? Ah, Sarah adorava o jeito como Jeremy falava dos outros atores. Estava decidida a se tornar atriz, para poder falar daquela maneira o tempo todo. O pai praticamente não falava sobre as pessoas de seu escritório e, quando o fazia, era entediante em comparação.

A madrasta fechou a porta da frente, olhou para o relógio outra vez, inspirou profundamente e começou um de seus sermões de praxe. "Sarah, você está uma hora atrasada..."

Sarah abriu a boca, mas a madrasta a interrompeu com um sorrisinho sem graça.

"Por favor, deixe-me terminar, Sarah. Seu pai e eu raramente saímos..."

"Vocês saem todo fim de semana", ela interrompeu depressa.

A madrasta ignorou o comentário. "...e eu peço que você fique de babá apenas se isso não for interferir em seus planos."

"Como você saberia?" Sarah meio que se virara, para não dar à madrasta o gostinho de sua atenção, e estava ocupada colocando seu livro no hall de entrada, desabotoando o broche e dobrando a capa sobre o braço. "Você não sabe quais são os meus planos. Você não pergunta." A garota olhou de relance para o próprio rosto no espelho do hall para certificar-se de que sua expressão era indiferente e confiante, não *exagerada*. Ela gostava das roupas que estava vestindo: uma camisa de cor creme, com mangas longas e cheias, um colete de brocado, folgado sobre a camisa, jeans azuis e um cinto de couro. Ela se virou ainda mais, quase dando as costas à madrasta, para verificar como a camisa pendia dos seios até a cintura. Ela colocou um pouco mais da camisa por dentro do cinto, para que ficasse mais justa.

A madrasta a observava com frieza. "Estou supondo que você me diria se tivesse um encontro. Eu *gostaria* que você tivesse um namorado. Uma garota de quinze anos *deveria* namorar."

Bem, pensava Sarah, se eu realmente tivesse um namorado, você seria a *última* pessoa a quem eu contaria. Que visão mais caricata — não, *cafona* — de vida você tem. Ela abriu um sorriso implacável para si mesma. Talvez eu venha a ter um namorado, pensou ela, talvez venha a ter, mas você *não* vai gostar nadinha quando vir quem é meu namorado. Duvido que você o veja. A única coisa que você vai saber a respeito disso é que vai ouvir a porta da frente se fechar atrás de mim, e vai se esgueirar até a janela, como você sempre faz, para meter o nariz entre aquelas horrendas cortinas de imitação de renda que você colocou lá, e vai ver as luzes traseiras de uma tremenda limusine cinza-pombo desaparecendo ao dobrar a esquina. E depois disso, vai ver fotos e mais fotos de nós dois nas revistas, juntos nas ilhas Bermudas, em Saint-Tropez e em Varanasi. E você não vai poder fazer nada sobre isso, por causa de todas as suas opiniões rígidas sobre a hora de ir para a cama, e sobre psicologia do desenvolvimento, e sobre minhas obrigações e sobre apertar o tubo de pasta de dentes pelo fundo. Ah, madrasta, você vai lamentar quando ler na *Vogue* a grana astronômica que os produtores de Hollywood estão oferecendo para que nós...

O pai de Sarah desceu as escadas até a sala. Nos braços ele trazia Toby, que vestia um pijama listrado de vermelho e branco. Ele acariciava as costas do bebê. "Ah, Sarah", disse ele brandamente, "finalmente está aqui. Estávamos preocupados com você."

"Ah, me deixem em paz!" Temendo que pudesse estar à beira das lágrimas, Sarah não lhes deu chance de argumentar com ela. A garota correu escada acima. Eles eram sempre tão sensatos, principalmente o pai, tão paciente e brando com ela, tão absolutamente convencido de que eles obviamente estavam sempre certos, e que era só uma questão de tempo até ela concordar em fazer o que queriam. Por que o pai sempre ficava do lado daquela mulher? A mãe nunca fazia aquele ar de dolorosa tolerância. A mãe era uma mulher que podia gritar com você, rir de você, abraçá-la e estapeá-la, tudo em um ou dois minutos. Quando ela e Sarah discutiam, era uma explosão. Cinco minutos depois, estava tudo esquecido.

A madrasta sentara-se no corredor, ainda vestindo o casaco de pele. Cansada, ela dizia: "Não sei mais *o que* fazer. Ela me trata como a madrasta malvada de um conto de fadas, não importa o que eu diga. Eu tentei, Robert".

"Bem...", pensativo, o pai de Sarah afagava Toby. "*É* difícil ser abandonada pela mãe nessa idade. Em qualquer idade, suponho."

"Você sempre diz isso. E é claro que você tem razão. Mas será que ela nunca vai mudar?"

Segurando Toby em um dos braços, Robert acariciou o ombro da esposa. "Vou falar com ela."

Outro trovão ribombou. Uma rajada de gotas de chuva retiniu nas janelas.

Sarah estava em seu quarto. Era o único lugar seguro no mundo inteiro. Ela fazia questão de percorrê-lo todos os dias, verificando se tudo estava exatamente onde estivera e deveria estar. Embora a madrasta raramente entrasse ali, salvo para deixar algumas roupas passadas ou para dar algum recado a Sarah, não se podia confiar nela. Seria algo típico dela encasquetar de tirar o pó do quarto, mesmo que Sarah cuidasse de mantê-lo limpo, e então ela decidiria remexer em todas as coisas e não as colocaria de volta em seus lugares corretos. Era fundamental manter o espírito perturbador afastado.

Todos os livros tinham de permanecer em suas posições corretas, em ordem alfabética por autor e, dentro do grupo de livros de cada autor, em ordem de aquisição. Outras prateleiras estavam repletas de brinquedos e bonecas, organizados de acordo com afinidades que apenas Sarah conhecia. As cortinas tinham de estar abertas exatamente de modo a enquadrar, quando Sarah estivesse deitada na cama, o segundo choupo de uma fileira que ela conseguia ver da janela. O cesto de papel posicionava-se de maneira que sua base tocasse a borda de um bloco específico do piso de *parquet*. Seria perigoso se tais coisas não estivessem assim. Uma vez que deixasse a desordem se estabelecer, o quarto jamais pareceria familiar de novo. As pessoas falavam sobre como é perturbador ter a casa assaltada, e Sarah sabia exatamente como devia ser a sensação, como se algum estranho insensível estivesse brincando por aí com o que era mais precioso, a sua alma. A mulher que vinha limpar a casa três vezes por semana sabia que jamais deveria mudar qualquer coisa naquele quarto. Sarah cuidava de tudo ali dentro sozinha. Ela havia aprendido a consertar plugues elétricos, a apertar parafusos, a pendurar quadros, de modo que o pai não precisasse entrar ali, exceto para falar com ela.

Sarah estava agora de pé no meio do quarto. Os olhos estavam vermelhos. Ela fungou e mordeu o lábio inferior. Então, caminhou até a penteadeira e olhou para a fotografia na moldura. O pai, a mãe e ela mesma, aos dez anos de idade, retribuíram o olhar. O sorriso dos pais era confiante. Seu próprio rosto na fotografia tinha uma expressão levemente exagerada, pensou ela, um sorriso largo e vívido demais.

Por todo o quarto, outros olhos observavam. Fotografias e pôsteres retratavam a mãe em trajes diversos, de vários papéis que interpretara. Havia recortes da revista *Variety* colados no espelho da penteadeira, elogiando as atuações da mãe ou anunciando outras que ela faria. Da parede ao lado da cama pendia um pôster de divulgação de sua última peça. Na fotografia, a mãe de Sarah e seu coadjuvante, Jeremy, traziam os rostos colados, os braços envolvendo um ao outro, sorrisos confiantes. O fotógrafo lançara uma bela luz sobre o par, mostrando como ela era linda, como ele era bonito, com seus cabelos louros e a corrente de ouro em volta do pescoço. Sob o retrato havia o comentário de um crítico de teatro: "Poucas vezes senti tamanho entusiasmo envolver uma plateia". O pôster trazia dedicatórias, com grandes assinaturas cheias de floreios: "Para a Querida Sarah, com todo o meu amor, Mamãe", e, em uma caligrafia diferente, "Tudo de bom, Sarah — Jeremy". Perto do pôster havia mais recortes, de diversos jornais, dispostos em ordem cronológica. Neles, era possível ver os dois astros jantando juntos em restaurantes, bebendo juntos em festas, e rindo juntos em um pequeno barco a remos. Todos os textos tratavam do tema "Romance dentro e fora dos palcos".

Ainda fungando de vez em quando, Sarah se dirigiu até a mesinha ao lado da cama e pegou a caixinha de música que a mãe lhe dera em seu aniversário de quinze anos. A lembrança daquele dia incrível ainda era vívida. Um táxi viera buscá-la de manhã, mas em vez de seguir para a casa da mãe, ele a levou pelo caminho à beira-mar até o local onde Jeremy e a mãe aguardavam no velho Mercedes preto do ator. Eles foram para o campo, almoçar ao lado de uma piscina em um clube de que Jeremy era sócio e onde os garçons falavam francês, e, mais tarde, na piscina, Jeremy ficara fazendo palhaçadas, fingindo se afogar, e tão bem que um senhor chegara a tocar o alarme. Eles ficaram dando risadinhas no carro por todo o caminho de volta à cidade. Já na casa da mãe, Sarah recebeu o presente de Jeremy, um vestido de festa azul-claro. Ela o vestiu para acompanhá-los a um novo musical naquela noite e depois a um jantar em um restaurante pouco iluminado. Jeremy fez comentários maldosamente engraçados sobre cada um dos atores do elenco do musical que haviam visto. A mãe de Sarah fingira censurar aquelas escandalosas fofocas, mas isso havia servido apenas para fazer Sarah e Jeremy rir ainda mais descontroladamente, e logo os três tinham lágrimas nos olhos. Jeremy dançara com Sarah, sorrindo para a garota. Ele fez uma brincadeira com a menina, dizendo que uma lâmpada de flash significava que todos eles estariam nas colunas de fofoca na manhã seguinte, e no caminho de volta ele dirigiu depressa, para despistar os fotógrafos, alegou, com um largo sorriso. Na despedida, a mãe lhe deu um pequeno pacote, embrulhado em papel prateado e amarrado com um laço de fita azul-claro. Já em seu quarto, Sarah desembrulhara o presente: era a caixinha de música.

A melodia de "Greensleeves" tocou enquanto uma pequena bailarina, com um vestido rosa de babados, fazia piruetas. Sarah assistiu reverentemente até tudo ficar lento, e a bailarina se movimentar aos solavancos. Então, ela guardou a caixinha e sussurrou um trecho de um poema que havia estudado na aula de inglês.

"Ó corpo embalado pela música, ó brilho que relança,
Como podemos distinguir a dançarina da dança?"

Era tão fácil aprender poesia de cor. Ele nunca sentia qualquer dificuldade em lembrar aquelas linhas sempre que abria a caixinha de música. Na verdade, pensava ela, é mais fácil lembrar-se delas que esquecê-las. Então, por que estava tendo tanto trabalho para aprender a fala de *O Labirinto*? Era só uma brincadeira, um jogo. Ninguém esperava que ela ensaiasse a fala, não havia plateia, exceto Merlin, para julgar sua performance. Devia ser moleza. Ela franziu o rosto. Como ela podia ter esperanças de um dia subir aos palcos se não conseguia lembrar uma fala?

A garota tentou novamente. "Enfrentando perigos indizíveis e dificuldades sem conta, lutei para percorrer o caminho até aqui, ao castelo para além da Cidade dos Duendes, para levar de volta a criança que você roubou..." Ela hesitou, os olhos no pôster da mãe nos braços de Jeremy, e decidiu que seria bom se preparar para fazer aquilo. Se você quer mergulhar em um papel, dissera-lhe a mãe, tem de ter os adereços corretos. Roupas, maquiagem, perucas: elas eram mais úteis ao ator que à plateia, pois o ajudavam a fugir de sua própria vida e *encontrar o caminho para entrar no papel*, como dizia Jeremy. E, após cada atuação, você tira tudo aquilo, e começa do zero. Todo dia era um recomeço. Você podia se reinventar. Sarah sacou um batom da penteadeira, passou um pouco dele nos lábios e os esfregou um no outro, como a mãe fazia. Com o rosto perto do espelho, ela aplicou um pouco mais da pintura nos cantos da boca.

Ouviu-se uma batida na porta, e a voz do pai soou lá fora. "Sarah? Posso falar com você?"

Ainda fitando o espelho, ela respondeu: "Não há nada sobre o que conversar".

A garota aguardou. Ele não entraria a menos que ela o convidasse. Ficou imaginando o pai de pé ali, rosto franzido, esfregando a testa, tentando pensar no que deveria dizer em seguida, algo firme o suficiente para agradar aquela mulher, mas amigável o bastante para encorajar a filha.

"É melhor se apressar", disse Sarah, "se não quiser perder a apresentação."

"Toby já jantou", disse o pai, "e está no berço agora. Por favor, só cuide para que ele durma direitinho. Estaremos de volta lá pela meia-noite."

Mais uma pausa, seguida do som de passos que se afastavam com uma lentidão calculada, a fim de expressar uma mistura de preocupação e resignação. Ele havia feito tudo o que se podia esperar dele.

Sarah virou-se e lançou um olhar de acusação à porta fechada. "Você queria mesmo falar comigo, não é?", murmurou. "Praticamente botou a porta abaixo." Antigamente, ele não teria saído sem lhe dar um beijo. Ela fungou. As coisas haviam realmente mudado naquela casa.

Ela colocou o batom no bolso e limpou os lábios com um lenço de papel. Ao jogá-lo no cesto, algo chamou sua atenção. Mais precisamente, algo que não estava lá chamou sua atenção. Lancelot não estava lá.

A garota começou a vasculhar depressa a prateleira de brinquedos, bonecas e bichinhos de pelúcia, cães, macacos, soldados e palhaços, embora soubesse que seria inútil. Se o ursinho de pelúcia estivesse de fato ali, estaria em seu devido lugar. Ele havia sumido. A ordem do quarto havia sido violada. O rosto de Sarah queimava.

Alguém esteve em meu quarto, pensou ela. *Eu odeio aquela mulher.*

Lá fora, o táxi partia. Sarah o ouviu e correu para a janela. "Eu *odeio* você!", gritou.

Ninguém a ouviu, exceto Merlin, e ele não podia fazer nada além do que já estava fazendo: latir ruidosamente, na garagem.

Ela sabia onde encontraria Lancelot. Toby já tinha tudo que um bebê podia desejar, muito mais do que Sarah jamais tivera. E ainda assim, ele ganhava cada vez mais, todos os dias, sem qualquer questionamento. Furiosa, a garota entrou correndo no quarto do bebê. O ursinho estava espichado no tapete, apenas jogado ali, de qualquer jeito. Sarah pegou Lancelot e o apertou contra o corpo. Toby, satisfeito com o leitinho quente que havia tomado, estava quase adormecido no berço, mas a entrada de Sarah o despertou.

Ela encarou o bebê e disse, com raiva. "Eu odeio aquela mulher. E odeio você."

Toby começou a chorar. Sarah estremeceu e apertou Lancelot ainda mais junto de si.

"Ah", choramingou ela. "Ah, alguém... me salve. Alguém me tire deste lugar horrível."

Toby estava aos berros agora. Seu rosto estava vermelho. Sarah choramingava. Merlin latia lá fora. A tempestade produziu um relâmpago bem em cima de casa, e um trovão retumbou, sacudindo as janelas nas esquadrias. Xícaras dançavam no armário da cozinha.

"Alguém me salve", implorou Sarah.

"Ouçam!", disse um duende, abrindo apenas um dos olhos.

Ao redor dele, em cima dele, embaixo dele, o ninho de duendes agitou-se, sonolento. Abriu-se outro olho, e outro, e mais outro: eram todos olhos ensandecidos, vermelhos e atentos. Alguns dos duendes tinham chifres, alguns tinham dentes pontiagudos, outros tinham dedos como garras; alguns vestiam restos de armadura, um elmo, um gorjal; mas todos tinham pés escamosos e olhos ameaçadores. Eles dormiam amontoados em uma pilha desorganizada, em seu sujo aposento no castelo do Rei dos Duendes. Seus olhos continuaram a se abrir, e as orelhas ficavam em pé.

“Tudo bem, fique quietinho agora, shhh.” Sarah tentava acalmar tanto a si mesma como ao irmãozinho. “O que você quer? Hein? Quer uma história? Tudo bem.” Sem pensar um instante sequer, ela tomou a linha da narrativa de *O Labirinto*. “Era uma vez, uma linda garota cuja madrasta sempre a obrigava a ficar com o bebê. O bebê era um menino mimado, que queria tudo para si, e a garota era praticamente uma escrava. Mas o que ninguém sabia é que o Rei dos Duendes havia se apaixonado por ela e lhe dado certos poderes.”

No castelo, os duendes tinham os olhos arregalados. Eles prestavam total atenção.

Outro relâmpago luziu e mais um trovão retumbou, mas Sarah e Toby já estavam mais calmos. “Certa noite”, prosseguiu Sarah, “em que o bebê estava sendo particularmente horrível com ela, a garota chamou os duendes para ajudá-la. E eles disseram: ‘Diga as palavras certas, e nós levaremos o bebê embora, para a Cidade dos Duendes, e você estará livre’. Essas foram as palavras que eles disseram à garota.”

Os duendes assentiram, animados.

Toby já quase adormecia outra vez; restava apenas um leve protesto em sua respiração. Sarah, desfrutando sua própria invenção, inclinou-se mais para perto do irmãozinho, sobre a lateral do berço. Ela mantinha sua plateia enfeitiçada. Lancelot estava em seus braços.

“Mas a garota sabia”, continuou Sarah, “que o Rei dos Duendes prenderia o bebê em seu castelo para todo o sempre, e o transformaria em um duende. E, assim, ela sofreu em silêncio, por um mês inteirinho... até que, uma noite, cansada de um dia de escravidão nos serviços domésticos, e magoada além da conta pelas duras palavras de ingratidão da madrasta, ela não conseguiu aguentar mais.”

A essa altura, inclinada sobre o berço, Sarah estava tão perto de Toby que sussurrava em sua orelhinha rosada. De repente, ele se virou, abriu os olhos e se deparou com os olhos da irmã a apenas alguns centímetros dos seus. Houve um instante de silêncio e, então, Toby escancarou a boca e começou a berrar, um choro alto e persistente.

"Ah!", bufou Sarah, irritada, aprumando-se novamente.

O trovão ecoou e Merlin latiu o mais alto que pôde.

Sarah suspirou, franziu o rosto, deu de ombros e decidiu que não havia outro jeito. Ela tirou Toby do berço e caminhou pelo quarto, embalando-o nos braços, junto com Lancelot. A pequena lâmpada ao lado da cama lançava as sombras dos dois, enormes e tremeluzentes, na parede. "Tudo bem", disse ela, "tudo bem. Agora chega. Nana, nenê, e todo aquele blá-blá-blá. Ora, vamos, Toby, pare com isso."

O bebê não iria parar apenas por estar sendo embalado. Ele sentia que tinha uma séria reclamação a fazer.

"Toby", disse a irmã, com aspereza, "fique quieto, tá bom? Por favor? Ou..." Ela baixou a voz. "Ou, então, vou... vou dizer as palavras." Ela ergueu os olhos depressa para as sombras na parede e se dirigiu a elas teatralmente. "Não! Não! Não devo. Não devo. Não devo dizer... 'Eu desejo... eu desejo...'"

"Ouçam", disse o duende outra vez.

Todos os olhos reluzentes do ninho estavam abertos agora, e todos os ouvidos prestavam atenção.

Um segundo duende falou. "Ela vai dizer as palavras!"

"Dizer o quê?", perguntou um duende boboca.

"Quieto!" O primeiro duende fazia esforço para ouvir Sarah.

"Cale a boca você!" disse o duende boboca.

No rebuliço, o primeiro duende pensou que enlouqueceria, tentando ouvir. "Shhh! Shhhh!" Ele cobriu a boca do duende boboca com as mãos.

O segundo duende chiou: "CALADO!", e começou a bater naqueles que estavam mais perto dele.

"Ouçam", o primeiro duende exortou os demais. "Ela vai dizer as palavras."

O restante deles conseguiu fazer silêncio. Eles ouviam Sarah atentamente.

Ela estava ereta, aprumada. Os berros de Toby haviam aumentado de tal forma que agora, com o rosto vermelho, ele mal conseguia respirar. Seu corpinho estava tenso nos braços de Sarah, tamanho o esforço que fazia. Lancelot caíra ao chão novamente. Sarah fechou os olhos e estremeceu. "Não aguento mais", exclamou a garota, e segurou o bebê aos berros acima de sua cabeça, como se o oferecesse em sacrifício. Ela começou a recitar:

"Rei dos Duendes!
Rei dos Duendes!
Quero que seja assim:
Venha e leve esta criança
Para bem longe de mim!"

Um clarão de relâmpago. Um ribombar de trovão.

Os duendes baixaram a cabeça, desanimados.

"Isso não está certo", disse o primeiro duende, desdenhoso.

"Onde ela aprendeu essa bobagem?", zombou o segundo. "Nem sequer começa com 'Eu desejo'*."*

"Shhh!", disse um terceiro duende, aproveitando sua chance de dar ordens aos outros.

Sarah continuava segurando Toby acima da cabeça. Irritado com aquilo, o bebê berrava ainda mais alto que antes, coisa que ela imaginava ser impossível. Sarah o abaixou e o aconchegou nos braços, o que o fez voltar a seu nível normal de berreiro.

Exausta a essa altura, Sarah disse ao irmãozinho: "Ah, Toby, pare com isso. Seu monstrinho. Por que tenho de aguentar isso? Você não é responsabilidade minha. Eu devia ser livre, me divertir. *Pare com isso!* Ah, eu desejo... eu desejo...". Qualquer coisa seria preferível àquele inferno de barulho, raiva, culpa e cansaço em que ela se encontrava. Com um pequeno soluço de exaustão, ela disse: "Eu queria *saber* que palavras dizer para que os duendes levassem você embora".

"E onde está o problema?", disse o primeiro duende com um suspiro de impaciência. De uma maneira afetada, ele recitou as palavras. "'Eu desejo que os duendes venham e levem você embora, agora.' E então? Não é difícil, é?"

No quarto do bebê, Sarah dizia: "Eu desejo... eu desejo...".

Os duendes ficaram atentos novamente, mordendo os lábios de nervosismo.

"Ela disse?" perguntou, animado, o duende boboca.

Em uníssono, todos os outros se viraram para ele e disseram, irritados: "Cale a boca!".

O berreiro de Toby havia acabado. Ele respirava profundamente, choramingando um pouco ao fim de cada respiração. Seus olhos estavam fechados. Sarah colocou-o de volta no berço, com pouca gentileza, e o cobriu.

A garota caminhou em silencio até a porta e já a fechava atrás de si quando o bebê soltou um gritinho pavoroso e começou a berrar novamente. Ele estava rouco a essa altura e, por consequência, seu choro era ainda mais alto.

Sarah congelou, a mão na maçaneta da porta. "Ahh", gemeu, desamparada. "Eu desejo que os duendes *realmente* venham e levem você embora..." E hesitou.

Os duendes estavam tão imóveis que seria possível ouvir um caracol piscar.

"*...agora*", completou Sarah.

No ninho dos duendes houve uma explosão de alegria. "Ela disse*!"*

Em uma fração de segundo, todos os duendes haviam desaparecido em direções diferentes, com exceção apenas do duende boboca. Ele ficou agachado ali, um largo sorriso se abrindo no rosto, até perceber que todos os outros o haviam deixado. "Ei", disse ele, "esperem por mim", e tentou correr em várias direções ao mesmo tempo. Então, ele também desapareceu.

Relâmpagos iluminavam o ar, trovões estalavam. Toby soltou um guincho agudo, e Merlin latiu como se todos os ladrões do mundo estivessem cada vez mais perto da casa.

O QUE ESTÁ DITO, ESTÁ DITO

II

A tempestade castigava a casa de Sarah. As nuvens fervilhavam. A chuva açoitava as folhas das árvores. Relâmpagos seguiam-se a trovões.

Sarah escutava. E o que ela ouvia era um silêncio incomum dentro do quarto. Toby havia parado de chorar tão de repente que ela ficou apavorada. A garota tornou a olhar dentro do quarto do bebê. A lâmpada ao lado da cama estava apagada. "Toby?", chamou ela. Ele não respondeu.

Ela apertou o interruptor ao lado da porta. Nada aconteceu. Ela o ligou e desligou várias vezes, mas em vão. Uma tábua rangeu. "Toby? Você está bem? Por que não está chorando?"

Nervosa, Sarah entrou no quarto silencioso. A luminosidade do patamar da escada, entrando pela porta, lançava sombras estranhas nas paredes e pelo carpete. No período de quietude entre dois trovões, ela pensou ter ouvido um zumbido no ar. A garota não conseguia distinguir absolutamente nenhum movimento no berço.

"Toby", sussurrou ela, apreensiva, e avançou até o berço, prendendo a respiração. Suas mãos tremiam como folhas de choupo-branco. Ela estendeu o braço para puxar a colcha, mas recuou.

Algo se agitava embaixo da colcha. Formas esquisitas erguiam-se e estufavam ali. Ela pensou ter visto coisas aparecendo de relance pela borda da colcha, coisas que não eram parte do corpo de Toby. A garota sentiu o coração aos saltos e cobriu a mão com a boca, para reprimir um grito.

Então, a colcha ficou imóvel outra vez. Ela desceu lentamente sobre o colchão. Nada se movia.

Ela não podia virar as costas, fugir e deixar o bebê assim. Ela tinha de saber. Qualquer que fosse o horror daquilo tudo, ela tinha de saber. Num impulso, ela estendeu a mão e puxou a colcha.

O berço estava vazio.

Por um instante, ou uma hora, ela jamais saberia, a garota encarou o berço vazio. Ela não se sentia sequer apavorada. Sua mente estava completamente vazia.

Então, Sarah se assustou com uma pancada suave, súbita, na vidraça. A garota trazia as mãos fechadas com tanta força que suas unhas cortavam a pele.

Uma coruja branca batia insistentemente as asas no vidro. Sarah podia ver a luminosidade do patamar da escada refletida nos grandes olhos escuros e redondos do pássaro, que a observava. A brancura de sua plumagem foi iluminada por uma sequência de relâmpagos que parecia não ter fim. Atrás da garota, um duende ergueu a cabeça por um instante, e se abaixou depressa outra vez. Outro duende fez a mesma coisa. Ela não os viu. Seus olhos estavam fixos nos olhos da coruja.

Outro relâmpago estalou e clareou o céu, e desta vez ele distraiu a atenção da garota da janela ao iluminar o relógio sobre a lareira. Ela viu que havia marcações para treze horas. Sarah encarava o relógio distraidamente quando sentiu alguma coisa cutucar a parte de trás de suas pernas. Ela olhou para baixo. O berço se movia pelo carpete sobre pernas escamosas, como as de um lagarto, com garras no lugar de dedos, uma perna em cada canto. A garota abriu a boca, mas não emitiu nenhum som.

Às suas costas, algo soltou um risinho entre dentes. Ela girou sobre os calcanhares e viu a coisa mergulhar de volta atrás da cômoda. Sombras corriam pelas paredes. Duendes pavoneavam-se, erguiam-se e abaixavam-se atrás dela. Sarah observava a cômoda. Tal como o berço, ela tinha um pé escamoso, com garras, em cada canto, e dançava.

Ela olhou para trás outra vez, a boca aberta, punhos cerrados, e viu os duendes fazendo algazarra. Eles mergulharam de volta nas sombras, para fugir do olhar da garota. Ela procurou algo que pudesse servir de arma. A um canto do quarto do bebê havia uma velha vassoura. Sarah a pegou e avançou para os duendes. "Vão embora, vão embora", choramingou ela, tentando expulsá-los a vassouradas, mas o cabo da vassoura se contorceu em suas mãos e escorregou.

O vento da tempestade ficou ainda mais forte. Um relâmpago iluminou o quarto como se fosse dia claro, e rostos assustados de repente começaram a desaparecer dentro de armários, gavetas, ou de fissuras entre as tábuas do piso. Enquanto o trovão rugia e o vento agitava as cortinas, uma lufada de ar abriu a janela. Pelo vão entre as cortinas esvoaçantes, entrou a coruja branca.

Sarah cobriu o rosto com os braços e gritou; e gritou novamente. Ela estava petrificada, com medo que a coruja passasse por ela e a roçasse com seu bater de asas. A garota pensou que morreria se isso acontecesse.

Ela sentiu o vento soprando em seus cabelos, espalhando-os para todo lado, mas o bater de asas havia cessado. Sarah deu uma espiada por entre os dedos para ver onde o pássaro estaria empoleirado. Talvez ele tivesse voado para fora da casa outra vez.

Um relâmpago prolongado lançou uma sombra gigantesca na parede oposta à janela. Era a sombra de uma silhueta humana.

Sarah deu meia-volta. Contra o céu tempestuoso revelavam-se os contornos de um homem. Ele usava uma capa, que rodopiava ao vento. Ela conseguiu ver que seus cabelos desciam até os ombros, e eram loiros. Algo cintilava em seu pescoço. A garota não conseguia ver mais que isso na fraca luminosidade.

"Ah...", disse Sarah, limpando a garganta. "Quem é você?"

"Você não sabe?" A voz do homem era calma, quase gentil.

Um raio tracejou veias no céu e iluminou o rosto do homem. Ele não sorria como o faria alguém ao cumprimentar um estranho, mas sua expressão também não era hostil. Seus olhos estavam fixos nos de Sarah e a encaravam com uma intensidade que a garota julgou hipnótica. Quando ele deu um passo na direção dela, entrando na luminosidade que vinha da porta, ela não recuou. Se os olhos do homem não a tivessem hipnotizado, a corrente dourada em seu pescoço o teria. Um pingente em forma de foice pendia da corrente sobre o peito do estranho. Ele vestia uma camisa de cor creme, aberta na frente, mangas folgadas com punhos de seda. Sobre ela o homem usava um colete preto, justo. Calçava botas pretas sobre malha cinza, e nas mãos usava luvas pretas. Em uma das mãos segurava um castão encrustado de joias de uma curiosa bengala, que terminava em formato de cauda de peixe.

"Eu...", foi a resposta de Sarah. "Eu..."

O zumbido que ela pensara ter ouvido no ar era bastante nítido agora, e musical. O estranho sorriu ante a hesitação da garota. Ele era certamente bonito. Isso era algo que ela não esperava. Quando a garota falou, sua voz era um mero sussurro.

"Você é... *ele*, não é? Você é o Rei dos Duendes."

Ele fez uma mesura. "Jareth."

A garota resistiu ao impulso ridículo de retribuir com uma reverência.

"Eu a salvei", disse ele. "Eu a libertei daquelas amarras que a afligiam e assustavam. Você está livre agora, Sarah."

"Ah, não. Eu não quero ser livre", disse ela. "Quer dizer, quero sim, mas... quero meu irmãozinho de volta. Por favor." Ela abriu um sorrisinho. "Se não fizer diferença para você."

Jareth cruzou as mãos no alto da bengala. "O que está dito, está dito."

"Mas eu não queria realmente dizer aquilo", disparou Sarah.

"Agora não queria?"

"Ah, por favor. Onde ele está?"

Jareth soltou uma risadinha. "Você sabe muito bem onde ele está."

"Por favor, traga-o de volta, por favor." Ela se ouviu falando com a voz tímida. "Por favor!"

"Sarah..." Jareth franziu o rosto e meneou a cabeça. Sua expressão era de absoluta preocupação com a garota. "Volte para seu quarto. Leia seus livros. Coloque suas fantasias. Essa é sua vida de verdade. Esqueça o bebê."

"Não, não posso."

Por um instante eles se encararam, adversários tentando avaliar um ao outro no início de uma longa disputa. Ecoou um trovão.

Então, Jareth ergueu o braço esquerdo e fez um amplo gesto com a mão. Sarah olhou ao redor, imaginando que ele estivesse convocando auxílio. Quando ela voltou os olhos para ele, um cristal reluzente havia aparecido na mão do Rei dos Duendes.

"Eu lhe trouxe um presente, Sarah", disse, estendendo o cristal para a garota.

Ela hesitou. Não podia confiar nele. "O que é isso?"

"Um cristal, nada mais. Exceto pelo fato de que, se você olhar dentro dele... ele mostrará seus sonhos."

Os lábios de Sarah entreabriram-se involuntariamente. Com um sorriso zombeteiro, Jareth observava o rosto da garota enquanto girava o cristal reluzente nos dedos. A garota fez menção de estender a mão para o cristal. Ele sorriu um pouco mais e, então, afastou o cristal dela.

Erguendo a bengala com a outra mão, ele disse: "Mas este não é um presente para uma garota comum, que toma conta de um bebê chorão". Sua voz era mais baixa agora, e mais áspera. "Você o quer, Sarah?" Ele estendeu o cristal para a garota outra vez.

Desta vez, ela manteve as mãos ao lado do corpo e não deu resposta alguma. Seus olhos estavam fixos nos clarões que dançavam e cintilavam no cristal. Ver os próprios sonhos — o que ela não daria por isso?

"Então, esqueça a criança", disse Jareth, com firmeza.

Enquanto Sarah hesitava, ouviu-se outro trovão, e mais um relâmpago iluminou o céu atrás do Rei dos Duendes.

A garota estava dividida. O presente não era apenas sedutor, era também algo escolhido por alguém que a compreendia, alguém que se importava com os lugares secretos de sua imaginação e sabia como eles eram infinitamente mais importantes que qualquer outra coisa para ela. Em troca, ela teria de abrir mão de sua responsabilidade sobre uma criança terrivelmente mimada, que fazia exigências intermináveis e nunca mostrava o menor sinal de gratidão; que era, afinal de contas, apenas seu meio-irmão. O cristal continuava girando, cintilando.

Ela se obrigou a fechar os olhos. Do interior das pálpebras fechadas, ela ouviu uma voz que lhe dava a resposta. Era sua própria voz, mas parecia ser uma lembrança. "Eu... não posso. Não é que eu não reconheça o que você está tentando fazer por mim... mas quero meu irmãozinho de volta. Ele deve estar tão assustado..." Ela tornou a abrir os olhos.

Jareth bufou e, com um movimento de cabeça, jogou para trás a cabeleira loura. Ele havia perdido a paciência com a garota. Com um aceno de mão, fez desaparecer o cristal. Com outro, fez surgir do ar uma cobra viva. Ele a segurou em uma das mãos, o braço estendido à frente, fazendo com que o animal se contorcesse e silvasse perto do rosto de Sarah. Em seguida, atirou a cobra na garota. "Não me desafie", alertou o Rei dos Duendes.

A cobra se enrolou no pescoço de Sarah. Desesperada, ela agarrou a coisa, mas então descobriu que não passava de um lenço de seda. A garota puxou o objeto e o encarou. A cobra saltou para fora do tecido. Sarah deu um grito e deixou o lenço cair, afastando-se de um salto. Quando bateu no chão, o lenço se desfez em inúmeros duendezinhos feiosos, que correram para os cantos do quarto, dando risadinhas. Outros duendes deslizaram das sombras, ou apareceram de repente, saindo de seus esconderijos, e permaneceram de pé ali, por todo o quarto, agora cheios de ousadia, aguardando para ver o que seu rei faria à garota em seguida.

"Você não é páreo para mim, Sarah." A voz de Jareth trazia impaciência. "Esqueça a criança. Aceite meu presente. Eu não vou oferecê-lo outra vez."

Antes que ele pudesse fazer ressurgir o cristal, Sarah disse: "Não". Ela hesitou. "Agradeço mesmo assim, mas não posso fazer o que você quer. Você não entende? Preciso trazer meu irmão de volta."

"Você jamais o encontrará."

"Ah", disse Sarah, respirando profundamente. "Então... *existe* um lugar onde procurar."

Por um breve instante, o rosto de Jareth se retraiu. Sarah percebeu uma sombra ínfima de medo passar pelos olhos do Rei dos Duendes. Seria possível? Contraindo as narinas, ele agarrou a bengala e pareceu hesitar um pouco antes de dar uma resposta à garota. Ela quase não podia acreditar no que via, mas a suspeita de que o Rei dos Duendes pudesse ter medo dela, mesmo que por um breve momento, era animadora.

"Sim", disse ele. "Existe um lugar."

E então, com um gesto realmente caricato diretamente saído de um vaudevile, ele fez um giro com a mão e apontou para algo além da janela.

"Lá!"

Relâmpagos e trovões, no momento exato, pensou ela. A garota passou por ele e fitou a noite. Sobre uma colina distante, fulgurante aos clarões, ela viu um castelo. Sarah debruçou-se no peitoril da janela, tentando ver melhor. Havia torres com torreões, sólidas muralhas, pináculos e cúpulas, uma grade junto à porta de entrada e uma ponte levadiça. O edifício fora inteiro construído no topo de um morro de encostas íngremes. Em torno dele, os raios cintilavam e formavam forquilhas, como línguas de cobra. Para além dele, escuridão.

Logo atrás do ombro da garota, Jareth sussurrou: "Você ainda quer procurar por ele?".

"Sim." Ela engoliu em seco. "Aquele é...", ela recordou as palavras, "...o castelo para além da Cidade dos Duendes?"

Jareth não respondeu de imediato e Sarah voltou-se para ele. O Rei dos Duendes ainda estava ali, observando-a com toda a atenção, mas eles já não estavam na casa: estavam um defronte ao outro no alto de um morro açoitado pelo vento. Entre eles e a colina em que ficava o castelo havia um amplo vale. Na escuridão, ela não podia distinguir o que havia lá embaixo.

A garota deu as costas ao homem outra vez. O vento soprou seus cabelos sobre o rosto. Afastando-os com as mãos, ela deu um passo tímido à frente.

A voz de Jareth veio detrás dela. "Volte, Sarah. Volte, antes que seja tarde demais."

"Não posso. Ah, eu não posso. Você não entende?" Ela meneou a cabeça lentamente, contemplando o castelo ao longe, e repetiu baixinho, para si mesma: "Não posso".

"Que pena." A voz de Jareth era baixa e gentil, como se ele estivesse sendo sincero.

Sarah olhava para o castelo. Ele parecia ficar bem afastado, mas não a uma distância impossível de percorrer. Tudo dependia do que ela encontraria no vale, se seria fácil atravessá-lo. A escuridão lá embaixo seria eterna? "Não parece tão longe assim", disse ela, e ouviu na própria voz o esforço que fazia para parecer corajosa.

Jareth estava bem perto dela agora. Ele a encarou com um sorriso gélido. "É mais longe do que você imagina." Apontando para uma árvore, ele acrescentou: "E o tempo é mais curto".

Sarah viu que um antigo relógio de madeira havia aparecido na árvore, como se tivesse brotado de um galho. Nele havia marcas para treze horas, igual no relógio do quarto do bebê, quando iluminado pelo relâmpago.

"Você tem treze horas para decifrar o Labirinto", disse-lhe Jareth, "antes que seu irmãozinho se transforme em um de nós."

"Nós?"

Jareth assentiu. "Para sempre."

A magia ainda zumbia no ar. Sarah estava de pé, imóvel, os cabelos revoltos ao vento, olhando a extensão do vale, na direção do castelo. Algum tempo depois, ela disse: "Diga, por onde eu começo".

Ela esperou por uma resposta, e finalmente o ouviu dizer: "Uma pena".

"O quê?" Ela virou a cabeça para encará-lo, mas o Rei dos Duendes já não estava ali. Ela girou o corpo todo, olhando para todos os lados. Ele havia desaparecido. Sarah estava sozinha no meio da noite, no alto de um morro açoitado pelo vento.

A garota tornou a olhar para o castelo. A tempestade estava acabando. Lâminas de nuvens cortavam a face da lua. Ela pensou ter visto de relance a silhueta de uma coruja, lá no alto, as asas totalmente abertas no ar, afastando-se gradualmente.

Ela deu mais um passo à frente, para descer a encosta. Mas não havia chão para apoiar o pé. Ela começou a cair.

NANICO

III

Sarah sentiu que tombava para frente, mergulhando na escuridão. Apenas balançando os braços freneticamente é que ela conseguia manter o equilíbrio. A encosta do morro era muito íngreme. Ela estava com a boca seca de pavor. Cuidadosamente, Sarah se sentou. Sentiu-se mais segura assim, mas não podia se dar o luxo de ficar ali sentada por muito tempo, tendo apenas treze horas para atravessar o Labirinto e encontrar Toby no castelo.

A garota tentou descer a encosta deslizando com o traseiro, mas isso também não deu certo. Rochas e pequenos arbustos obstruíam o caminho, e ela não se atrevia a ficar de pé para passar por eles. Estava tão escuro que ela bem podia estar tentando atravessar um mar de tinta. Sarah sentiu as lágrimas subindo aos olhos, mas se livrou delas piscando várias vezes. Ela conseguiria. Não havia limites para o que era capaz de fazer, dada sua determinação (coisa que ela certamente tinha) e sua esperteza (algo que nunca lhe havia faltado até ali, embora admitisse que em apuros mais comuns), e talvez um pouco de sorte (que ela merecia, não é?). Ela conseguiria, jurou ali, sentada na encosta escura, sem a menor ideia de como dar o próximo passo.

Muito acima dela, lá onde vira a coruja voando, ela ouviu uma cotovia cantar. A garota olhou para cima, tentando ver a ave, e, ao desviar os olhos do negrume ali embaixo, percebeu que uma luz tênue se insinuava no arco do céu escuro. Ela observou a luminosidade aumentar, passando do vermelho ao rosa e então ao azul-claro, e quando viu uma pontinha do sol surgir acima do horizonte, fechou os olhos e inspirou profundamente, sentindo-o aquecer sua pele. Ela conseguiria.

Quando tornou a abrir os olhos, o castelo de Jareth reluzia à sua frente, os pináculos e torreões coroados de reflexos da luz do sol. Apreensiva, ela esquadrinhou o vale que, como uma fotografia sendo revelada, levou mais tempo para mostrar-se por inteiro.

A primeira coisa que conseguiu estimar foi sua largura. Já a extensão de terra entre ela e o castelo não era assim tão grande. Posso percorrer essa distância, correndo, em umas duas horas, calculou. São só uns poucos quilômetros. Jareth estava tentando me enganar. Ele pensou que eu ficaria tão apavorada na escuridão que desistiria de Toby, que o esqueceria. Como eu poderia? De qualquer forma, em treze horas posso chegar até lá e voltar, com tempo de sobra.

Ela se perguntou se treze horas no mundo de Jareth equivaleriam a treze horas em sua casa. Neste caso, o que o pai e a madrasta pensariam quando voltassem? Eles provavelmente chamariam a polícia. Bem, ela não podia fazer nada a esse respeito. Não esperava encontrar um telefone no castelo de Jareth. Sarah sorriu languidamente.

O sol se erguera acima do horizonte, e cores e formas revelavam-se gradualmente no vale. Havia uma quantidade absurda de coisas lá embaixo, isso ela podia ver. A garota continuou observando e, aos poucos, conseguiu distinguir a verdadeira natureza do vale.

A princípio, Sarah não pôde acreditar. À medida que o sol subia e revelava mais da paisagem, seus ombros caíram, e o sorriso desapareceu do rosto. Ela meneava a cabeça devagar, perplexa.

Do sopé do morro onde ela estava sentada até o castelo e para além dele, e de horizonte a horizonte, de ambos os lados, estendia-se um vasto e intricado labirinto de muros e sebes.

"O Labirinto", sussurrou ela. "Então esse é o Labirinto."

Ela o estudou, tentando descobrir algum padrão, algum princípio no desenho que pudesse guiá-la em sua travessia. Mas não conseguiu identificar nada. Corredores faziam curvas fechadas, davam voltas e espiralavam. Aberturas levavam a aberturas que levavam a outras aberturas. Aquele labirinto parecia, para ela, milhares de impressões digitais dispostas lado a lado, sobrepondo-se umas às outras. Será que alguém havia planejado tudo isso, pensava ela, ou ele teria simplesmente se formado?

A possibilidade de jamais conseguir atravessar o Labirinto começava a oprimi-la. Sarah se levantou, cerrou os punhos, uniu os maxilares e limpou a garganta. "Bem", disse ela, "aí vamos nós. Mexam-se, pés."

À luz do alvorecer, a garota conseguiu divisar logo à frente um caminho que ziguezagueava encosta abaixo. Ela passou por rochas e arbustos para alcançá-lo. Ao final do caminho, ela se deparou com uma muralha guarnecida com esteios, a qual se estendia a perder de vista, para a direita e para a esquerda.

Desconfiada, ela se aproximou da muralha, sem ter a menor ideia do que faria quando a alcançasse. Ao chegar mais perto, uma movimentação em sua base chamou sua atenção. Havia um homenzinho ali. Ele tagarelava e ria enquanto esmagava alguma coisa sob o pé.

"Com licença", disse Sarah.

O homenzinho deu um pulo, tamanho foi seu susto. "Já estou indo embora", disse ele antes mesmo de olhar ao redor para ver quem estava ali.

Quando enfim se virou, ele trazia o rosto voltado para o chão, de modo a examinar a garota por baixo das grossas sobrancelhas peludas. "Bem!", exclamou ele, parecendo zangado e surpreso ao mesmo tempo. "Bem!" Parecia que ele nunca havia posto os olhos em uma pessoa como Sarah antes. Ou talvez ele nunca tivesse sido pego de surpresa por alguém como Sarah. "Bem!", disse ele outra vez.

Desse jeito nunca chegaremos a lugar nenhum, pensou Sarah.

Ele era um homenzinho esquisito. Suas sobrancelhas desgrenhadas por certo desejavam parecer ferozes, mas seu rosto enrugado não corroborava aquela ferocidade. Sua expressão parecia cautelosa agora, não exatamente amigável, mas também não hostil. Ele parecia evitar os olhos da garota, e ela notou que, sempre que movia as mãos, o olhar do homenzinho as seguia. Ele usava um barrete no alto da cabeça. Do cinto que prendia suas calças pendia uma corrente de penduricalhos, bijuterias, pelo que ela podia notar. Sarah o viu abrir a boca para dizer "Bem!" novamente e o interrompeu depressa.

"Com licença, mas tenho de atravessar o Labirinto. Pode me mostrar a entrada?"

A boca do homenzinho congelou formando um w. Ele a encarou, piscando uma ou duas vezes. Então, seus olhos dispararam para um lado. Ele deu alguns passos ligeiros na direção de uma flor de jacinto em forma de campainha ao mesmo tempo em que sacava uma lata de spray que trazia sob o paletó. Ao mirar o spray, Sarah viu que uma fadinha diáfana emergia do jacinto.

Ele borrifou o spray na fada, uns dois borrifos rápidos. Ela desfaleceu imediatamente, como uma pétala que murchava.

"Cinquenta e sete", declarou ele, com certa satisfação.

Sarah ficou chocada. "Ah, como você *pôde*?"

Ele respondeu com um grunhido.

A garota correu para onde a fada havia caído, as asas tremulando e murchando. "Coitadinha!", exclamou. Ela recolheu aquele pequeno corpo com delicadeza nas pontas dos dedos e voltou-se ao matador de fadas, em tom de acusação: "Seu monstro".

Então, sentiu uma dor pungente, como se tivesse se cortado em um caco de vidro. A fada havia mordido seu dedo.

"Ai!" Sarah deixou cair a fada e meteu o dedo na boca. "Ela me *mordeu*", sussurrou, ainda chupando o dedo.

"É claro que sim", comentou o homenzinho, com uma risadinha. "O que você espera que fadas façam?"

"Eu..." Sarah franzia o rosto, desconcertada. "Pensei que elas fizessem, bom, coisas boas. Como conceder desejos."

"Rá!" O homenzinho ergueu as sobrancelhas e soltou uma gargalhada. "Isso mostra o quanto você sabe, não é?" Ele levantou a lata de spray e borrifou despreocupadamente outro jacinto. Uma segunda fada cintilante caiu, tornando-se marrom como uma folha no outono. "Cinquenta e oito", disse o homenzinho, e meneou a cabeça. "Elas se reproduzem tão depressa quanto as borrifo."

Sarah ainda se encolhia, chupando o dedo. "Ai", queixava-se. "Isso dói." Ela tirou o dedo da boca e o sacudiu.

O homenzinho caminhou até uma planta quase tão alta quanto ele mesmo, arrancou uma de suas largas folhas cinzentas e a entregou à garota. "Aqui", disse. "Esfregue no dedo."

Cheia de gratidão, ela fez o que ele disse. Mas mal começou a esfregar a folha, Sarah a soltou, agarrou o dedo com a outra mão e começou a pular de dor. "Ai!", gritava ela. "Piorou. Piorou muito. AIII!"

Ele segurava os lados com as mãozinhas rechonchudas e gargalhava com gosto. "É claro que sim. Imagine só, esfregar uma *dessas* em uma mordida de fada. Você não sabe de nada mesmo, não é?"

Indignada, com o rosto contorcido de dor, Sarah respondeu: "Achei que você estivesse me dando a folha para fazer melhorar a dor. Ai! Aii!".

"Você achou isso também, não é? Você tem opiniões demais." Ele riu. "Todas elas erradas. E você tem um monte de grama no traseiro das calças."

Apesar da dor no dedo, ela teve de olhar por sobre o ombro e viu que ele tinha razão. Foi por ter descido aquela encosta, deslizando o traseiro no chão. Limpando com as mãos o quanto conseguiu, Sarah se deu conta de que ele estava revidando o fato de ela tê-lo pego desprevenido. "Você é horrível", disse.

"Não sou, não." Ele pareceu surpreso. "Eu sou Hoggle. E quem é você?"

"Sarah."

Ele assentiu. "Foi o que pensei." Localizando outra fada, o homenzinho a borrifou. Apenas para ter certeza, ele pisou nela, esfregando o pé no chão. A fada deu um gritinho agudo. "Cinquenta e nove", disse Hoggle.

Sarah pensava, ainda chupando o dedo. Ele parecia conhecê-la. Então, ele devia ter alguma relação com Jareth, não? Talvez fosse algum tipo de espião? Bem, talvez. No entanto, ele não se encaixava na ideia que ela fazia de um espião. Espiões não eram rabugentos. Eles não pregavam peças maldosas nas pessoas. Ou pregavam? Se todas as suas opiniões estivessem erradas, como ele havia dito, então aquela poderia estar errada também. Mas, nesse caso, pensou ela, supondo que ele seja um espião, então talvez seja seu dever me convencer de que todas as minhas opiniões estão erradas quando, na verdade, estão corretas. E, se elas forem todas corretas, ele não é um espião. Mas isso significaria que ele não teria motivos para me convencer de que estou errada com relação a tudo, então provavelmente estou errada quanto a isso, também, e então... supondo que ele seja um espião... "Ah!", exclamou ela, irritada. Era como um daqueles desenhos que ela vira em um livro, em casa, em que a água parece estar correndo para cima e, contudo, você nunca consegue identificar exatamente onde o desenho está errado.

Hoggle colheu uma folha de outra planta e a ofereceu a Sarah, torcendo o rosto em uma expressão ligeiramente carrancuda.

Ela tirou o dedo da boca. A dor já estava melhorando. Ela meneou a cabeça, e teve de abrir um leve sorriso diante do rosto esquisito e enrugado do homenzinho.

Em resposta, o semblante de Hoggle fechou-se outra vez. Ele olhou para a garota com desconfiança. O homenzinho não estava acostumado com pessoas sorrindo para ele.

Bem, pensou ela, não há outra coisa a fazer. Quer ele esteja aqui para me espionar ou não, ele é a única pessoa a quem posso pedir ajuda. Então, ela tentou: "Você sabe onde fica a porta para o Labirinto?".

Ele fez uma careta. "Talvez."

"Certo, e onde fica?"

Em vez de responder, ele escapuliu para um lado, erguendo a lata de spray. "Sessenta."

"Eu perguntei onde fica."

"Onde fica o quê?"

"A porta."

"Que porta?"

"A porta de entrada do Labirinto."

"A porta! Para o Labirinto! Ah, essa é uma boa pergunta." Ele riu maldosamente.

Sarah quis acertar-lhe um soco. "É inútil perguntar qualquer coisa a você."

"Não se você fizer as perguntas certas." Ele lançou um longo olhar de esguelha para a garota. "Você é muito ingênua."

"Bem, e quais *são* as perguntas certas?"

Hoggle esfregou a mão na ponta do nariz. "Depende do que você quer saber."

"Isso é fácil. Como eu entro no Labirinto?"

Hoggle deu uma fungada e seus olhos cintilaram. "Ah! *Assim* está melhor."

Ela pensou estar ouvindo aquela música no ar novamente, a música mágica que soava como um zumbido em volta do Rei dos Duendes.

"Você entra por ali." Ele assentiu com a cabeça, indicando um ponto atrás dela. "Você tem de fazer as perguntas certas se quiser chegar a qualquer lugar no Labirinto."

Sarah girara sobre os calcanhares. Agora, na muralha, ela via um imenso portão de formato grotesco. A garota o encarou de maneira quase acusadora. Ela podia jurar que o portão não estivera ali antes.

"Não tem nenhuma *porta*, viu?", explicava Hoggle. "Tudo o que você precisa fazer agora é encontrar a chave."

Ela olhou de volta para o homenzinho e, em seguida, ao redor de si, e logo percebeu que não seria difícil encontrar a chave. Perto dela havia um pequeno tapete, e de cada extremidade dele despontava uma chave enorme. "Bem", disse ela, "isso é fácil."

Sarah foi até a chave e tentou pegá-la. Ela conseguia levantar do chão apenas uma extremidade da chave, ou a outra, mas a chave inteira era pesada demais para a garota erguer e colocar na fechadura do portão. Ela encarou Hoggle.

"Suponho que seja demais esperar que você me dê uma mãozinha, certo?"

"Sim", respondeu Hoggle.

Ela tentou novamente, esforçando-se para tirar a chave do chão. Foi inútil. "Ah", disse ela. "Que coisa *idiota*."

"Você quer dizer que *você é* idiota", corrigiu-a Hoggle.

"Cale a boca, seu nanico miserável."

"Não me chame assim!" Hoggle agitou-se. "Eu não sou um nanico."

"Sim, você é sim", disse Sarah, sentindo-se desconfortável com a lembrança de si mesma, muito mais jovem, na escola, cantarolando insultos cruéis para uma garota angustiada. Mesmo assim, ela continuou. "Sim, você *é-é-é*. Seu nanico miserável, feioso, irritante!"

Hoggle estava fora de si, tamanha era sua raiva. "Não me chame assim", disse ele, histérico. "*Você*! Rá! Você é tão idiota, você. Você supõe coisas demais, supõe tudo!"

"Nanico! Nanico!"

"Não sou. Não sou. Pare com isso! Pare!"

"Nanico irritante, horroroso!"

Hoggle recompôs-se e, com alguma dignidade, disse à garota: "Se você não fosse tão burra, *tentaria* o portão".

Isso a fez parar de súbito. Ela pensou por um instante. Então, foi até o portão e deu-lhe um empurrãozinho. Ele se abriu.

"Ninguém disse que estava trancado", observou Hoggle.

"Muito esperto."

"*Você* pensa que *é* muito esperta", disse Hoggle. "Sabe por quê? Porque você ainda não aprendeu nada."

Sarah espiava cautelosamente para dentro do portão. Ela não gostou do que viu. Era escuro e ameaçador lá dentro. A música que zumbia no ar parecia mais intensa. Havia um cheiro de coisas em decomposição.

A garota reuniu sua coragem e deu dois passos dentro do Labirinto. Então, parou subitamente. Uma passagem estendia-se para ambos os lados da entrada. Era tão estreita, e os muros tão altos, que o céu não passava de uma fenda acima de sua cabeça. No lusco-fusco, a garota ouviu o eco de um gotejar contínuo de água. Ela se aproximou do muro defronte, tocou-o, e afastou logo a mão. Ele era úmido e lodoso, como mofo.

Hoggle havia metido a cabeça no vão do portão atrás dela. "Aconchegante, não é?"

Sarah estremeceu.

A atitude de Hoggle havia mudado. Ele falava baixo, e era quase possível perceber um toque de preocupação em sua voz. "Você vai mesmo entrar aí, é?"

Sarah hesitou. "Eu... vou", disse ela. "Sim, eu vou. Você... existe algum motivo para eu não entrar?" Ela cerrava os punhos. Aquele realmente parecia ser um lugar escuro e assustador, ali dentro do portão.

"Existem todos os motivos para você não entrar", tornou Hoggle. "Existe algum motivo para você entrar? Um bom motivo?"

"Sim, existe." Ela hesitou antes de continuar. "Então, suponho que... eu deva entrar."

"Tudo bem", disse Hoggle, em um tom que insinuava: a responsabilidade é toda sua. "Agora", perguntou ele, "para onde vai seguir? Para a direita ou para a esquerda?"

Ela olhou para um lado, depois para o outro. Não havia por que escolher um ou o outro. Ambos pareciam sinistros. Os muros de tijolo pareciam se estender ao infinito. Sarah deu de ombros, desejosa de alguma ajuda, mas demasiado orgulhosa para pedi-la. "Os dois lados parecem iguais", disse ela.

"Bem", comentou Hoggle, "então você não vai chegar muito longe, não é?"

"Tudo bem", disse ela, zangada, "para que lado você iria?"

"Eu?" O homenzinho riu sem alegria. "Eu não iria para lado nenhum."

"Que belo guia você é."

"Eu nunca disse que era um guia, disse? Embora você realmente precisasse de um. Você provavelmente vai acabar voltando para onde começou, dado seu histórico de estar sempre errada."

"Bem", disparou Sarah, com aspereza, "se essa é toda a ajuda que vai me dar, você bem pode me deixar seguir sozinha!"

"Sabe qual é seu problema?", perguntou Hoggle.

Sarah não lhe deu atenção, mas tentou parecer decidida a seguir em uma ou outra direção. Esquerda, direita, pensava ela, essa era a ordem normal. Então, neste lugar esquisito, ela talvez devesse tentar o caminho da direita, não é?

"Eu lhe disse, você supõe coisas demais." Hoggle prosseguiu: "Este Labirinto, por exemplo. Ainda que você chegue ao centro, o que é extremamente improvável, você nunca mais conseguirá sair".

"Essa é a sua opinião", disse Sarah, seguindo para a direita.

"Bem, é melhor que qualquer das suas opiniões."

"Obrigada por nada, Hogwart."

"*Hoggle!*" A voz do homenzinho ecoou do portão, onde ele ficara. "E não diga que não lhe avisei."

Trincando os dentes, ela seguiu a passos largos entre os muros úmidos e ameaçadores.

A garota havia dado apenas alguns passos quando, com um tinido forte e retumbante, o portão se fechou às suas costas. Ela parou e não conseguiu reprimir o impulso de voltar para verificar se ele tornaria a se abrir. Ele não se abriu.

Hoggle ficara trancado do lado de fora. Agora, os únicos sons no interior do Labirinto eram o gotejar de água, e a respiração rápida de Sarah.

QUAL É QUAL?

IV

Sarah inspirou profundamente e recomeçou a trilhar a passagem. Um tufo de líquen sobre a haste do portão abriu os olhos e observou a garota. Os olhos, que pendiam de gavinhas, pareciam apreensivos e, estando Sarah já a certa distância, voltaram-se uns para os outros no tufo e começaram a fofocar entre si. A maior parte deles condenava a direção que a garota havia tomado. Isso era possível notar pelo modo como lançavam olhares eloquentes uns para os outros. Líquens conhecem as direções.

Após caminhar algum tempo entre os altíssimos muros da passagem aparentemente interminável e não chegar a lugar nenhum que parecesse diferente, Sarah continuou andando ainda mais um pouco, e tudo continuava igual. Mais cem passos, disse para si mesma, e, se eu não chegar a lugar nenhum, vou pensar em alguma alternativa.

Um, dois... noventa e oito, noventa e nove. As paredes estendiam-se a perder de vista.

"É isso que é um labirinto?" perguntou ela, em voz alta, apenas para ter a própria voz por companhia. "Não tem uma única curva, ou virada, ou... nada. Ele só continua sempre em linha reta." Ela fez uma pausa, pensando no que Hoggle lhe dissera.

"Ou talvez não", concluiu. "Talvez... eu só esteja supondo que ele siga sempre em linha reta. Porque foi só o que fez até aqui, seguiu em linha reta. Poderia continuar assim para sempre — e eu não tenho todo esse tempo." Ela desejou saber quanto das treze horas ainda lhe restavam. Não era justo não saber.

Inspirando profundamente outra vez, ela começou a correr. A única diferença agora era que os muros mostravam mais depressa que eram intermináveis. Ela correu mais rápido, derrapando na lama, batendo contra as laterais de tijolos da passagem, cada vez mais rápido, e os muros estendiam-se adiante sem qualquer curva ou um traço diferente ou fim, até que começaram a girar acima de sua cabeça e ela percebeu que estava perdendo os sentidos, exausta, as lágrimas descendo pelo rosto.

A garota se deitou sobre um amontoado no chão, aos soluços. Um tufo de líquen ali perto a observava com olhar compadecido, os olhos hesitantes.

Recuperada, ela abriu os olhos bem devagar, desejando ver algo diferente desta vez: uma curva, uma porta, até mesmo seu quarto. Mas tudo que via eram dois muros.

Com um leve gemido de frustração, ela bateu com os punhos em um deles.

E como que atendendo a uma campainha, uma criatura minúscula, que parecia uma minhoca de olhos grandes, meteu a cabeça para fora de uma fissura entre os tijolos que Sarah havia esmurrado. "Alô?", perguntou ela, com a voz animada.

Desconsolada, Sarah olhou para a minhoca. Uma minhoca falante, refletiu ela. Sim, eu nunca devia ter presumido que uma minhoca não pudesse falar. Ela deu de ombros. Se uma minhoca podia falar, talvez pudesse lhe dar alguma orientação. Em voz baixa, ela perguntou: "Você sabe como atravessar o Labirinto?".

"Quem, *eu*?" Ela abriu um largo sorriso. "Não, sou apenas uma minhoca."

Sarah assentiu. Ela devia ter esperado por isso.

"Entre e conheça a patroa", convidou a minhoca.

A garota conseguiu dar um sorrisinho sem graça. "Obrigada", respondeu à minhoca, "mas preciso atravessar o Labirinto. E não tem nenhuma curva, nem abertura, nem nada." Ela piscou para afastar lágrimas mornas. "Ele só segue sempre em frente."

"Ahhh", disse a minhoca, "você não está olhando direito, não está, não. Ele é cheio de aberturas. Só que você não está conseguindo vê-las, é só isso."

Sarah olhou à sua volta, descrente. Os muros estendiam-se a perder de vista, de ambos os lados.

Não havia lógica nenhuma naquilo. Ou talvez não houvesse nada além de lógica, e aquela fosse a complicação: tudo lógica, e nenhuma razão.

"Tem uma abertura logo ali, do outro lado", prosseguiu a minhoca. "Está bem na sua frente."

Sarah olhou. Muro de tijolo, mofo úmido, tufo de líquen, nada mais. "Não, não tem."

A minhoca fungou e, com a voz afetuosa, disse: "Entre e tome uma boa xícara de chá".

"Não tem abertura nenhuma." A voz de Sarah tinha um tom de insistência.

"Tente seguir por ali", disse a minhoca, assentindo com a cabeça para incentivar a garota. "Você vai ver. Mas, primeiro, por que não toma uma boa xícara de chá?"

"Onde?" Sarah olhou para o muro vazio outra vez.

"A chaleira está no fogo."

A garota sequer dava atenção à hospitalidade da minhoca. "É só *muro*", balbuciou ela. "Não tem como atravessar."

"Ahhh", observou a minhoca, "este lugar, ó Deus. As coisas nem sempre são o que parecem, sabe, não aqui. Não, aqui não. Então, você não deve supor nada."

Sarah lançou um olhar penetrante para a minhoca. Como era possível que ela seguisse o mesmo roteiro que Hoggle? E, em sua mente, a garota ouviu a voz do homenzinho outra vez. "Eu? Eu não iria para lado nenhum."

Para lado nenhum. Bem na sua frente. O que mais lhe restava fazer? Ela tentaria. Muito insegura, encolhendo-se de antemão, ela caminhou em direção à parede e a atravessou, vendo-se em outra passagem.

Sarah ficou maravilhada. Aquela passagem também se estendia infinitamente em linha reta, para ambos os lados, mas, ao menos, era outra passagem. Ela se virou, cheia de gratidão, e disse à minhoca: "Obrigada. Foi uma ajuda e tanto".

Ela já começava a caminhar pela nova passagem quando ouviu um gritinho às suas costas. "E não vá por aí!", alertava a minhoca, erguendo os olhos para o líquen, que observava Sarah com apreensão. A minhoca abriu um sorriso largo e animado para o líquen, mas este apenas continuou observando, aturdido e ansioso, o avanço da garota.

Sarah parou e, então, voltou, arfando. "O que você disse?"

"O que eu disse foi: não vá por aí", respondeu a minhoca.

"Ah", assentiu Sarah. "Obrigada." E seguiu na outra direção.

O líquen observou a garota se afastar novamente, e suspirou, aliviado.

"Ufa", a minhoca revirou os olhos. "Essa foi por pouco. Se ela tivesse ido pelo outro caminho, iria parar direto naquele castelo pavoroso."

No salão de pedra do Rei dos Duendes, Toby, ainda em seu pijama listrado de vermelho e branco, tinha a boca aberta e fazia o maior berreiro. Ele apertava com força os pequenos punhos cerrados, o rosto estava escarlate, os olhos fechados, e ele fazia uma barulheira que teria feito Sarah gemer.

Jareth o observava com um sorriso divertido. Naquele lugar, ninguém mais prestava muita atenção a Toby. Duendes peludos, com chifres ou elmos, pululavam ali, fazendo algazarra, distribuídos pelo piso nojento, sobre os degraus do trono, nas saliências do cômodo, alguns perseguindo galinhas ou um porco escuro de capacete, outros discutindo por causa de alguma guloseima, outros ainda espiando dentro de alguma vasilha na esperança de encontrar algo para comer, alguns apenas sentados, roendo ossos, outros fitando maliciosamente todos os demais, com olhar ensandecido. O lugar era sujo, cheio de pratos com restos de comida, pedaços de carne e vegetais podres espalhados por toda parte, sobras e lixo. Um pequeno pterodáctilo voava por ali, tentando a sorte. A coroa curva, depositada com imponência em cima do trono e decorada com chifres de carneiro, fora tomada por um abutre, que a usava como ninho. Ou talvez Jareth tivesse instalado o abutre ali, só pela diversão.

Ele precisava de alguma coisa que o mantivesse entretido ali. Francamente, os duendes eram um tédio. Eram tão idiotas que não conseguiam atravessar o Labirinto. Não tinham conhecimento nem inteligência. No passado, quando muitos bebês lhe eram oferecidos, Jareth fora mais tolerante, imaginando que, com certeza, em breve encontraria um que pudesse ser treinado como um companheiro digno do trono, alguém cujo espírito jovem viesse a revigorar o próprio espírito de Jareth, e cuja alegria afastasse os pensamentos de velhice que oprimiam o Rei dos Duendes. Como os pedidos para que roubasse crianças eram mais raros agora, Jareth mergulhava cada vez mais fundo na tristeza. Ele evitava espelhos e o reflexo da água. Podia sentir que os cantos da boca se retesavam, e não precisava de provas das rugas que marcavam sua fronte quando não estreitava deliberadamente os olhos a fim de esticar a pele.

Reclinado tranquilamente em seu trono drapejado, em formato de um semicírculo, Jareth olhava para figura chorosa de Toby. Com um pouco de sorte, ele poderia crescer e se tornar um duende inteligente. Talvez fizesse algumas piadas, ou ao menos compreendesse as piadas de Jareth. Talvez pudesse ajudar a governar aquele império decadente. No mínimo, ele poderia dar algumas ideias novas para travessuras. Ovelhas de duas cabeças, leite azedo, bater de panelas, pijamas e camisolas roubados, pomares estéreis, mesas fora de lugar, pão mofado — Jareth já havia visto tudo isso, e vezes demais.

Mas aquele bando, que fuçava e fazia bobagens o dia inteiro, ainda considerava aqueles velhos clichês batidos uma perfeita comédia, sempre. Eles eram patéticos.

Jareth bocejou e olhou, cansado, em redor do salão. Crânios e morcegos decoravam as paredes. Santo Deus, pensou ele. Crânios e morcegos, ainda. Até que ponto alguém pode ficar entediado? Esperançoso, ele lançou um olhar ao relógio. Três e meia, indicavam os ponteiros em formato de espada. Mais nove horas e meia de espera até que o batedor em forma de duende badalasse treze horas. Ele teria de fazer algo para passar o tempo.

O Rei dos Duendes se levantou do trono, espreguiçou os braços e começou a andar de cá para lá, inquieto. Outro duende passou correndo por ele. Jareth estendeu o braço para baixo e o agarrou pelo cangote. Os olhos do duende se arregalaram, encarando o rei com espanto.

"Você é um espantalho espantado", disse Jareth, com uma risada forçada.

Todos os outros duendes rolaram de rir. Jareth já era seu rei havia muito tempo, mais do que conseguiam lembrar, o que era, no máximo, quatro segundos, e eles esperavam que continuasse sendo seu Rei por todo o sempre.

Jareth encolheu-se com a dor de tudo aquilo.

Sarah vagueava por corredores de tijolos. Seus muros ainda eram altos e assustadores, mas ao menos não se estendiam aos confins do tempo e do espaço, e por vezes surgia um lance de escadas: alguma coisa diferente, para variar. Ela havia encontrado uma maneira prática de garantir que não ficaria andando em círculos sempre que chegasse a uma bifurcação ou a uma curva e decidisse para onde ir: com o batom que havia colocado no bolso, em casa, ela desenhava uma seta em um tijolo a cada entroncamento, para mostrar de onde ela tinha vindo. E sempre que guardava o batom e disparava pelo novo corredor, alguma criaturazinha erguia o tijolo marcado, virava-o de cabeça para baixo, e o recolocava, de modo a esconder a seta.

Após ter desenhado já dezoito setas, um pedaço do batom quebrou enquanto ela marcava a décima nona. Decidida a manter-se calma, ela girou o tubo para expor um pouco mais do batom e continuou seguindo o caminho escolhido, que subia alguns degraus e dava para uma câmara. Para além da extremidade do caminho, às suas costas, passou um grupo barulhento de duendes, mas os olhos de Sarah estavam fixos no que estava à sua frente, e ela não os viu.

A câmara era um beco sem saída. Ela deu uma espiada em cada nicho e atrás dos esteios da parede, mas definitivamente não havia como sair dali. A garota deu de ombros e voltou por onde viera, até a décima nona seta. Quando chegou à curva, ela procurou pela seta, mas não conseguiu encontrá-la. Que esquisito, pensou. Tenho certeza de que estava bem aqui, nesta curva, naquele tijolo ali. Não havia marca nenhuma nos tijolos. Ela franziu o rosto e olhou em volta. No chão, viu o pedaço quebrado de batom. Olhou novamente, com mais atenção, e mesmo assim não conseguiu encontrar seta alguma. Isso provava tudo. Algo suspeito estava acontecendo. A garota jogou o restante do batom no chão. "Alguém está apagando minhas marcas", disse, em voz alta, certa de que o culpado devia estar perto o bastante para ouvi-la. "Que lugar horrível é este! Não é justo!"

"É isso mesmo", disse uma voz às suas costas. "*Não* é justo!"

Ela deu um pulo e se virou depressa.

Às suas costas, na câmara que antes fora um beco sem saída, ela agora via duas portas talhadas no muro, e um guarda postado diante de cada uma delas. Ao menos a garota pensou que deviam ser guardas, pois estavam ali de pé, firmes, e usavam armaduras e brasões. Mas, ao examiná-los de perto, ela não teve tanta certeza. Na verdade, eles eram um tanto cômicos. Seus escudos enormes, curiosamente ornamentados com figuras geométricas, rolos de papiro e símbolos, pareciam muitíssimo pesados, o que explicaria a postura de pernas bem abertas em que cada um deles se mantinha. Pobrezinhos, pensou Sarah, eles têm de permanecer o tempo inteiro assim só para ficar aprumados. Aquele que estava à sua esquerda tinha olhos inquietos, que se moviam em todas as direções, ali, debaixo do elmo, e ela disse a si mesma que o chamaria Theodoro, igual a um tio que tinha olhos agitados daquele jeito. Mas, então, ela refletiu que seu gêmeo não tão idêntico (a garota simplesmente não conseguia ver os olhos do outro porque seu elmo era grande demais) devia, portanto, ser chamado Deodoro (D, de direita, percebe?), e mentalmente corrigiu a ortografia do nome do primeiro para Teodoro (não que isso importasse para alguém, afinal, ela não escreveria aqueles nomes).

Tendo resolvido, em sua mente, a questão dos nomes, a garota notou o fato mais incrível de todos: da parte de baixo de cada escudo despontava outro rosto, de cabeça para baixo, mais ou menos como um valete de espadas mal desenhado. As personagens de ponta-cabeça, que ela batizou de Jim e Tim (o primeiro par em rima que lhe veio à mente), pareciam penduradas em sua posição desconfortável pelas grandes mãos nodosas e cheias de pontas que ela podia ver segurando a base dos escudos. Elas deviam acrescentar ainda mais peso ao fardo sob o qual Teodoro e Deodoro tentavam se manter equilibrados.

Foi Jim de Ponta-Cabeça quem fez a garota estremecer ao se dirigir a ela. Ele acrescentou: "E isso é apenas a metade dele".

"Metade de quê?", perguntou Sarah, curvando-se e tombando a cabeça para dar uma boa olhada no rosto de Jim. Ela sentia que teria sido um pouco rude permanecer aprumada. Era preciso se ajustar às pessoas que se encontra, mesmo aqui.

"Metade do dobro", respondeu Jim.

"O dobro de *quê*?" Sarah já estava irritada.

"O dobro da metade disso."

"Olhe." Sarah apontou um dedo para a parede da câmara, às costas dos guardas, e disse: "Há um instante isso aqui era um beco sem saída".

"Não." Era Tim de Ponta-Cabeça quem falava agora. "*Aquilo* é um beco sem saída, atrás de você."

Ela endireitou o corpo e deu meia-volta. Ele tinha razão. O caminho pelo qual ela chegara até ali estava agora de fato obstruído por um muro sólido. “Ah!”, exclamou a garota, indignada. “Não é justo. Este lugar fica mudando. O que se espera que eu faça?”

“Depende de quem está esperando”, disse Jim.

“Não metade”, concordou Tim.

“Tente uma das portas”, sugeriu Jim.

“Uma delas leva ao castelo”, informou Tim, com a voz alegre, “e a outra leva à morte certa.”

Sarah ofegou. “Qual é qual?”

Jim meneou a cabeça invertida. “Não podemos dizer.”

“Por que não?”

“Não sabemos!”, bradou Jim, triunfalmente.

“Mas *eles* sabem.” Tim indicou Teodoro e Deodoro com um aceno de cabeça confiante. Fazer isso de cabeça para baixo deve ter exigido esforço, pensou Sarah.

“Então, vou perguntar a eles”, declarou a garota.

Porém, antes que pudesse dizer mais alguma coisa, Deodoro já estava falando, bem devagar, com a voz pedante: “Ah! Não, você não pode perguntar *a nós*. Você pode perguntar a apenas *um* de nós.” Ele parecia ter certa dificuldade para pronunciar as palavras, especialmente os P's e os T's.

“Está nas regras”, disse Teodoro, com a voz rápida e zombeteira, remexendo os olhos inquietos. Ele batia o dedo sobre algumas cifras em seu escudo, que seriam presumivelmente as regras. “E devo alertá-la de que um de nós *sempre* diz a verdade, e um de nós sempre mente. Também é uma regra.” Ele lançou uma olhadela para Deodoro. “*Ele* sempre mente.”

“Não ouça o que ele diz”, tornou Deodoro, categórico. “Ele está mentindo. Sou eu quem fala a verdade.”

“Isso é mentira!”, retorquiu Teodoro.

Jim e Tim davam risadinhas atrás de seus escudos, em atitude bastante insolente, pensou Sarah. “Viu”, disse-lhe Tim, "ainda que você pergunte a um deles, não saberá se a resposta que receber é verdadeira ou falsa."

"Não, espere um minuto", disse Sarah. "Conheço essa charada. Já a ouvi antes, mas nunca consegui descobrir a resposta."

Ela ouviu Deodoro murmurando consigo mesmo: "Ele está mentindo".

"*Ele* está mentindo", tornou Teodoro.

Sarah coçava a testa. "Tem uma pergunta que posso fazer e não importa a qual deles eu faça." Ela estalou a língua, impaciente consigo mesma. "Ah, *o que* poderia ser?"

"Ora, vamos logo", disse Tim, irritado. "Não podemos ficar aqui o dia todo."

"O que quer dizer com 'não podemos'?", tornou Jim, abruptamente. "Este é o nosso trabalho. Somos guardiões dos portões."

"Ah, é. Esqueci."

"Fiquem quietos", mandou Sarah. "Não consigo pensar."

"Eu digo a verdade", declarou Deodoro, pomposo, de sob seu elmo.

"Uii!", respondeu Teodoro, mecanicamente. "Que mentira!"

Sarah tentava encontrar por si mesma uma solução lógica para a charada. Pensativa, com um dedo em riste, assim ela raciocinava: "A primeira coisa a fazer é descobrir qual deles é o mentiroso... mas, não, não tem como fazer isso. Então... a próxima coisa a fazer é encontrar uma pergunta que possa ser feita a qualquer um deles... e que consiga a mesma resposta".

"Ah, essa é boa", ria-se Tim. "Um de nós sempre diz a verdade e o outro sempre mente, e você quer encontrar uma pergunta a que nós dois daremos a mesma resposta? Ah, isso nunca vai acontecer. Essa é boa, ah, se é. Ah."

Sarah estreitou os olhos. Ela pensou que talvez tivesse resolvido a charada. "Agora", disse ela, "pra quem devo perguntar?"

Teodoro e Deodoro apontaram um para o outro.

Com um sorrisinho, Sarah disse a Deodoro: "Responda sim ou não. *Ele*", e a garota apontou para Teodoro, "me diria que esta porta", e apontou para a porta atrás de Deodoro, "leva ao castelo?"

Teodoro e Deodoro olharam para a garota, depois se entreolharam. Eles discutiram, aos sussurros.

Deodoro ergueu os olhos para ela. "Ah... sim."

"Então a *outra* porta leva ao castelo", concluiu Sarah. "E esta porta leva à morte certa."

"Como sabe?", perguntou Deodoro lentamente. Sua voz soava aflita. "Ele poderia estar dizendo a verdade."

"Então, você não estaria dizendo a verdade", tornou Sarah. "Se você me diz que ele disse sim, eu sei que a resposta era não." A garota estava muito satisfeita consigo mesma.

Deodoro e Teodoro pareciam desanimados, sentindo que haviam sido tapeados de alguma forma. "Mas *eu* poderia estar dizendo a verdade", objetou Deodoro.

"Então, ele estaria mentindo", explicou Sarah, permitindo-se abrir um largo sorriso de satisfação. "Assim, se você me diz que ele respondeu sim, a resposta continuaria sendo não."

"Espere um instante", disse Deodoro. Ele franziu o rosto. "Isso está certo?"

"Não sei", respondeu Teodoro, todo animado. "Eu não estava ouvindo."

"Está certo", disse-lhes Sarah. "Eu resolvi a charada. Eu nunca tinha conseguido encontrar a solução antes." Ela estava radiante. "Talvez eu esteja ficando mais esperta."

Ela caminhou até a porta atrás de Teodoro.

"Muito esperta, tenho certeza", comentou Jim, decepcionado, e mostrou a língua para a garota.

Sarah, por sua vez, mostrou a língua para ele enquanto empurrava a porta para abri-la. Por sobre o ombro, depois de passar por eles, a garota disse: "Isso é moleza".

Ela atravessou o limiar da porta e caiu diretamente em um poço.

Sarah gritou. O alto do poço era um disco de luz que encolhia rapidamente.

LEMBRANÇAS RUINS

V

Enquanto gritava, despencando de costas pelo poço, Sarah percebeu que sua queda estava sendo levemente amenizada por coisas que roçavam em seu corpo. Podiam ser folhas grandes e grossas, ou algum tipo de fungo firme que brotava das paredes daquele buraco. Independentemente do que fossem, ela tentou se agarrar a uma delas, para salvar-se da terrível colisão que esperava a qualquer momento. Estava caindo depressa demais.

Então, por puro acaso, sua mão pousou diretamente sobre uma das coisas, que de pronto se fechou com firmeza. Com um solavanco que quase a desconjuntou, ela se viu pendurada por um dos braços. "Ufa!", ofegou, aliviada, e sentiu a respiração difícil.

Ela olhou para baixo, para ver se estivera perto de arrebentar todos os ossos. Tudo o que conseguiu ver foi um longo túnel, recoberto com as coisas que haviam impedido sua queda. A garota olhou para o alto. A porta pela qual entrara no poço estava muito acima dela.

Quando seus olhos se ajustaram à luz fraca, ela viu o que é que a agarrara: uma mão. A toda a sua volta, emergindo das laterais do poço, mãos tateavam o ar, como juncos debaixo d'água.

O alívio deu lugar a uma sensação de náusea: ela havia sido agarrada por uma mão que não estava presa a nenhum braço nem corpo, e, à primeira vista, ela não tinha meios de se soltar. Talvez fossem mãos carnívoras, ou iguais àquelas aranhas que simplesmente dissolvem seu corpo bem lentamente. Aflita, ela olhou outra vez para cima e para baixo, agora para ver se havia esqueletos pendurados ali no poço, como em uma armadilha na selva. Ela não viu nenhum.

E agora Sarah sentia outras mãos tentando alcançá-la, encontrando-a e agarrando-a pelas pernas e pelo corpo. Havia mãos em suas coxas, seus calcanhares, seu pescoço. Ela estremeceu e gritou: "Parem com isso!". Sabendo que era inútil, começou a implorar: "Socorro! Socorro!". Ela se contorcia, tentando afastar aquelas mãos, e estendeu seu braço livre em busca de algo em que se segurar, em uma tentativa desesperada de fugir dali. Tudo o que ela pôde ver para se agarrar foi outra mão. Hesitante, a garota colocou a própria mão na outra mão, que respondeu imediatamente, segurando-a com firmeza. Ocorrendo-lhe a ideia de talvez subir pelas mãos, como se fossem uma escada, ela tentou soltar o pulso do aperto da primeira mão. Não foi uma boa ideia. Agora ela estava ainda mais presa que antes, presa em uma teia de mãos.

"Socorro!", choramingou ela.

Então, sentiu um tapinha no ombro e virou a cabeça para ver o que era. Para seu espanto, ela viu que as mãos ao seu lado davam um jeito de formar uma espécie de rosto, com círculos de dedos e dedão formando os olhos, e duas mãos movimentando-se juntas para moldar uma boca. E a boca falou com ela.

"Como assim, 'socorro'?", disse a boca. "Nós *estamos* socorrendo você. Somos as Mãos Amigas."

"Estão me machucando", disse Sarah às mãos. Não era bem verdade. O medo, mais que a dor, era o que a afligia.

Agora havia diversos outros rostos de mãos em torno dela.

"Gostaria que nós a soltássemos?", perguntou uma delas.

Sarah olhou de relance para baixo. "Ah... não."

"Bem, então", disse uma das bocas. "Vamos lá. Para onde?"

"Para onde?", perguntou ela, perplexa.

"Para cima ou para baixo?"

"Ah..." Ela ficou ainda mais confusa. "Hum..." A garota tornou a olhar para cima, na direção da luz, mas isso seria como recuar. Ela olhou para baixo, para o desconhecido e insondável abismo.

"Vamos lá! Vamos lá!", apressou-a uma voz impaciente. "Não temos o dia inteiro."

Não têm?, pensou Sarah com seus botões.

"É uma decisão muito importante para ela", disse uma voz demonstrando compreensão.

"Para que lado você quer ir?", perguntou uma voz insistente.

Todo o mundo no Labirinto era tão peremptório. Eu tenho um bom motivo para estar com pressa, pensou Sarah. Tenho só treze horas para encontrar meu irmãozinho, e só Deus sabe quanto tempo já se passou. Mas por que toda essa gente — se é que podiam ser chamados de gente — era tão mandona?

"Vamos logo! Vamos!"

"Bem, hum..." Sarah ainda hesitava. Para cima era ser covarde, e para baixo era assustador.

Muitos rostos observavam sua indecisão. Alguns deles riam baixinho, cobrindo a boca com outra mão.

Ela respirou profundamente. "Bem, já que estou virada para lá mesmo... vou descer."

"Ela escolheu descer?", a garota ouviu os rostos que riam por trás das mãos. "Ela escolheu — *descer*!"

"Escolhi errado?", indagou Sarah, temerosa.

"Agora é tarde demais", disse um dos rostos de mãos, e com isso as mãos começaram a conduzi-la para baixo, mas com gentileza. A garota as ouviu cantar algo como uma cantiga de marujo.

"Para baixo, para baixo, para baixo,
Levem-na para baixo, rapazes.
Vamos todos para a cidade, rapazes.
Para baixo, para baixo, para baixo,
Levem-na para baixo, rapazes,
Sem fazer cara feia, rapazes,
Para baixo, para baixo, para baixo."

E ela desceu, desceu muito, até se ver momentaneamente suspensa sobre um alçapão enquanto as Mãos Amigas removiam a tampa. Então, as últimas mãos a soltaram, derrubando-a com destreza no alçapão, e a última vez que viu as mãos, elas, prestativas, acenavam adeus.

Ao cair no chão de pedra de uma pequena cela escura, a tampa do alçapão foi recolocada, com um baque.

Imersa em total escuridão, Sarah se sentou. Seu rosto estava aturdido.

A imagem de seu rosto calado foi claramente transmitida para um cristal no salão do Rei dos Duendes.

"Ela está no calabouço", comentou Jareth.

Os duendes deram gargalhadas maldosas, dançando e pavoneando-se pelo salão. Eles escancaravam a boca de alegria, e davam tapas nas próprias coxas.

"Calem a boca", disse-lhes Jareth.

Eles congelaram, girando a cabeça para olhar para seu Rei. Um duende matreiro perguntou: "Hora errada para rir?".

"Ela não devia ter conseguido chegar ao calabouço." Jareth ainda contemplava a imagem do rosto de Sarah no cristal. Ele meneou a cabeça. "Ela já devia ter desistido a esta altura."

"Ela nunca vai desistir", disse um duende perspicaz.

"Rá!" Jareth riu, embora sem achar graça. "Não vai? Ela vai desistir logo, assim que tiver de começar tudo outra vez."

Agradou-lhe pensar em seu Labirinto como um jogo de tabuleiro: se você chegasse muito perto da casa da vitória, poderia encontrar alguma coisa traiçoeira que o levasse de volta ao início. Ninguém conseguira chegar ali, e poucos haviam ido tão longe quanto essa garota inconveniente, que já havia passado da idade de ser transformada em duende. Jareth examinou o rosto de Sarah no cristal. Já havia passado da idade de ser um duende, mas era jovem demais para ser mantida ali com ele, malditos sejam aqueles olhos inocentes. Ela tinha de ser enviada de volta à primeira casa imediatamente, antes que se tornasse uma séria ameaça a Toby, e ele conhecia uma víbora traiçoeira para fazer o serviço. "Hoggle!", chamou ele, girando o cristal.

A imagem do rosto de Hoggle surgiu ali.

"Ela está no calabouço", informou Jareth. "Leve-a de volta às muralhas externas."

Hoggle inclinou a cabeça, fazendo uma careta. "Ela é muito determinada, Majestade. Não vai ser fácil..."

"Obedeça." Jareth arremessou o cristal no ar, onde desapareceu como uma bolha.

O Rei dos Duendes deu uma risadinha entrecortada, imaginando a cara de Sarah ao perceber que estava novamente ao lado do tanque de Hoggle. Então, jogou a cabeça para trás e desatou a gargalhar.

Os duendes o observavam, inseguros. Haveria problema em rir agora?

"Bem, podem continuar", disse-lhes Jareth.

Com o regozijo simples que é natural às pessoas malvadas, os duendes lançaram-se a sua plena rotina de gargalhadas e risadinhas. O duende perspicaz os conduzia, como um maestro, levando-os a um crescendo de alegria malevolente.

Sarah estava sentada no piso da cela escura, desejando ter pedido às Mãos Amigas que a tivessem levado poço acima, em direção à luz. Que esperanças ela poderia ter naquele lugar?

Quatro dos seus cinco sentidos aguçaram-se na escuridão e ela detectou um barulhinho de alguma coisa raspando.

"Quem está aí? Quem está aqui comigo?" Seu corpo estava tenso de apreensão.

"Eu", respondeu uma voz rouca.

Fez-se outro barulho de algo raspando. O barulho foi seguido pelo clarão de um fósforo aceso, o qual, por sua vez, acendeu uma tocha. Hoggle estava ali, sentado em um banco rústico, segurando a tocha no alto para que ele e Sarah pudessem ver um ao outro.

"Ah", exclamou ela, "estou feliz em ver você, Hoggle." Ela estava tão aliviada que poderia tê-lo abraçado.

"Sim, bem", disse Hoggle bruscamente, como se estivesse um pouco envergonhado diante da situação. "Bem, é bom ver você também."

Sarah foi para junto do homenzinho, na luminosidade da tocha. "Que está fazendo aqui? Como você *veio parar* aqui?"

Hoggle deu de ombros e virou-se um pouco de lado. "Eu sabia que você ia se meter em encrenca assim que vi você. Então, vim... vim para lhe dar uma mãozinha."

Uma mão amiga, pensou Sarah, estremecendo. Ela já tinha tido mãos amigas o suficiente. "Você está querendo dizer que vai me ajudar a decifrar o Labirinto?", perguntou a garota.

"Decifrar o Labirinto?", disse Hoggle, desdenhoso. "Você não sabe onde está?"

Ela olhou em redor. No círculo de luz que a tocha lançava ela viu paredes de pedra, piso de pedra, teto de pedra. Um banco rústico de madeira era o único luxo ali.

"Ah, ela está olhando ao redor agora, não é?" O desdém de Hoggle transformara-se em sarcasmo. "Suponho que a mocinha tenha percebido que não há portas — só o buraco lá em cima."

Sarah esforçou-se ao máximo para enxergar o que havia nas sombras, e percebeu que ele tinha razão.

"Isto aqui", dizia Hoggle, "é um calabouço. O Labirinto está cheio deles."

Ela ficou magoada com o tom sabido e debochado na voz do homenzinho. "É mesmo?", disse, tão sarcástica quanto ele. "Ora, não me diga!"

"Não tente parecer espertinha", disse Hoggle. "Você não sabe o que é um calabouço."

"E você sabe?"

"Sim", respondeu Hoggle, com certo orgulho. "É um lugar onde se colocam as pessoas para serem esquecidas."

A garota se lembrou dos verbos que aprendeu na aula de francês e, satisfeita consigo mesma, disse: "É claro. Vem do verbo francês *oublier*, esquecer. Mas naturalmente você já sabia disso".[1]

Hoggle ergueu o queixo e começou a coçá-lo ao mesmo tempo em que deixava os olhos correrem solenes pela cela.

O significado do que o homenzinho dissera começava a ficar claro para Sarah. Ela olhou para as paredes de pedra iluminadas pela luz bruxuleante e estremeceu. Para serem esquecidas... Seria isso o que Jareth estava fazendo? Apenas se esquecendo dela? A garota começou a sentir-se indignada. Não era justo. Ele a desafiara para esse jogo. Ela estava em uma situação completamente desfavorável, mas havia sido corajosa o bastante no início — ele não podia simplesmente deixá-la apodrecendo ali agora. Podia?

Hoggle pegara a tocha e caminhara, desengonçado, até um canto do calabouço. Ele fazia sinal para que ela o seguisse. Sarah obedeceu, lançando uma enorme sombra pelas paredes. Ali no canto havia um esqueleto deitado de costas, os joelhos dobrados, a cabeça apoiada na parede.

A garota levou a mão à boca e estava prestes a soltar um grito, mas mudou de ideia. Ela se obrigaria a permanecer calma.

1 Uma das palavras em inglês para calabouço é *oubliette*. [As notas são da tradutora.]

"Está vendo?" Hoggle lançava um olhar de esguelha para Sarah. "Este Labirinto é um lugar perigoso. Não é lugar para uma garotinha."

Ela o encarou. Quem ele estava chamando de garotinha?

Hoggle acenou com a cabeça na direção do esqueleto. "É assim que você vai acabar se insistir em continuar. Num calabouço, como ele. Muitas lembranças ruins no Labirinto, posso lhe garantir. O que você tem de fazer, mocinha, é dar o fora daqui."

"Mas preciso encontrar meu irmãozinho."

"Esqueça tudo isso. Agora, o fato é que", disse Hoggle, coçando a bochecha com o indicador, "eu conheço um atalho daqui para fora do Labirinto."

"Não", disse ela, sem pestanejar. "Não vou desistir agora. Cheguei tão longe. E me saí tão bem."

Ele assentiu e, com a voz suave, assegurou: "Você está indo muito bem". Em seguida, meneou a cabeça e fez um estalo com a língua. "Mas esta é apenas a borda do Labirinto. Você mal começou. Daqui para frente, fica pior."

Havia algo em seu tom confiável que deixou Sarah desconfiada. "Por que está tão preocupado comigo?", perguntou ela.

"O quê?" Hoggle parecia aflito. "*Estou.* Só isso. Uma garotinha bondosa... Um calabouço escuro e terrível..."

"Escute", interrompeu Sarah, "você gosta de joias, não é?"

O homenzinho fez uma expressão carrancuda. "Por quê?", perguntou ele, devagar.

"Você tem umas joias muito bonitas." Ela apontou para a corrente de penduricalhos presa ao cinto de Hoggle. À luz da tocha ela não tinha certeza, mas imaginou ter visto um leve rubor de satisfação nas bochechas pontuadas de pelos do homenzinho.

"Obrigado", disse ele.

"Se você me ajudar a atravessar o Labirinto...", ela respirou profundamente, "vou lhe dar..." Sarah tirou a pulseira que estava usando. Era só uma bijuteria barata de plástico, não uma das joias especiais que a mãe lhe dera e que ela usava quando saía. "*...isto*", concluiu, estendendo o objeto para ele.

"Hum", Hoggle lambeu os beiços e observou a pulseira, avaliando-a.

"Gostou, não é?" Ela podia ver que sim. Ele também havia notado o anel no dedo da garota. Em si, a peça também não tinha valor, embora Sarah gostasse do anel porque a mãe o usara ao representar Hermione em *O Conto do Inverno*, de Shakespeare.

"Mais ou menos", disse Hoggle. "Vou lhe dizer uma coisa. Você me dá a pulseira e eu faço o seguinte: eu lhe mostro o caminho para fora do Labirinto. O que acha?"

"Você já ia fazer isso de qualquer forma", apontou ela.

"Sim", respondeu ele. "E é isso o que tornaria o gesto uma grande gentileza de sua parte." Ele estendeu a mão.

"Ah, não!" Sarah puxou de volta a pulseira. "Para isso, você vai ter de me mostrar o caminho *para atravessar* o Labirinto. O caminho inteiro."

Hoggle bufou. "O que faz a mocinha ter tanta certeza de que *eu* sei atravessar o Labirinto?"

"Bem", respondeu ela, "você chegou aqui, não foi?"

"O quê?", cacarejou Hoggle, meneando a cabeça. "Sim, sim, mas... eu lhe disse, esta é apenas a borda. Você ainda não chegou a lugar nenhum. Ora, vamos, onde está seu bom senso? Você não quer ir mais longe que isto. É sério. Você fez tudo o que pôde, e mais. Provou que é uma garota esperta e corajosa, e não merece o que poderia lhe acontecer aqui dentro." Ele lançou um olhar de relance indicando o esqueleto, que parecia sacolejar ao bruxuleio da luz da tocha. "Não, não, você merece ser salva daquilo. É isso o que lhe digo. Então... o que acha?" Ele ergueu os olhos para ela, uns olhos de cobiçosa sagacidade debaixo das sobrancelhas desgrenhadas.

Sarah retribuiu com um olhar de franqueza. Qualquer que fosse seu jogo, o homenzinho era um péssimo jogador. A garota teve de morder o lábio para não começar a rir dele. "Vamos fazer o seguinte", disse ela, estreitando os olhos, "se você não quiser atravessar o Labirinto inteiro comigo, então me leve o mais longe que puder. E, então, eu tento percorrer o resto do caminho sozinha."

Hoggle parecia irritado com ela. "Bah! De todos os idiotas cabeças-duras que eu já encontrei..."

Sarah balançou a pulseira diante dos olhos do homenzinho. "É um trato justo", propôs. "Sem reservas. Uma pulseira. Hein? O que me diz?"

A pulseira dançava na mão da garota, e os olhos do homenzinho dançavam com ela. De má vontade, ele perguntou: "O que é isso, afinal?".

"Plástico."

Os olhos de Hoggle cintilaram. Ele ergueu o braço atarracado para que Sarah colocasse a pulseira em seu pulso. Então, olhou para o objeto colocado ali e não pôde esconder seu orgulho. "Não prometo nada", disse ele. "Mas", grunhiu, resignado, "vou levar você o mais longe que eu puder. Depois, você continua sozinha. Certo?"

"Certo", concordou Sarah.

Ele assentiu. Seus olhos ainda brilhavam ao olhar outra vez para a pulseira em seu braço. "Plástico!", murmurou, empolgado.

"Então vamos", apressou-o Sarah.

Hoggle entrou logo em ação. Ele pegou o pesado banco de madeira e, com uma força que Sarah não teria esperado de seu pequeno corpo de ombros arredondados, virou-o, de modo que o assento ficou encostado na parede. A garota ficou surpresa ao ver duas maçanetas em formato de bola na parte de baixo do assento, uma à direita e uma à esquerda, e ficou perplexa quando Hoggle girou uma delas e o banco transformou-se numa porta que dava para o interior da parede de pedra. Isso não é justo, pensou ela. Com um sorriso traquinas — porque ele se divertia ao se exibir para a mocinha —, Hoggle atravessou o vão da porta.

Sarah estava prestes a segui-lo quando ouviu o barulho de uma trombada e de coisas batendo umas nas outras.

Vassouras e baldes caíram pela porta, para dentro do calabouço. Ela abriu um largo sorriso, reconhecendo a velha piada do armário de vassouras.

"Ah, droga!", ela ouviu Hoggle dizer, dentro do armário. O homenzinho saiu de costas e evitou os olhos da garota enquanto metia as vassouras e os baldes de volta no armário e fechava a porta.

Ainda constrangido, ele agarrou a outra maçaneta. "Não se pode acertar sempre, não é?", murmurou. Desta vez, ele abriu a porta com uma atitude muito menos intrépida e deu uma espiada lá dentro. "É esta", declarou. "Então, vamos."

Ela o seguiu, entrando em um corredor pouco iluminado com paredes de pedras grotescamente insculpidas.

Hoggle e Sarah avançavam pelo corredor quando uma voz trovejou: "NÃO SIGAM ADIANTE!".

Sarah deu um baita pulo e olhou em volta. Ela não viu ninguém, exceto Hoggle. E, então, a garota percebeu: havia uma boca insculpida na parede de pedra. Recuando, ela viu que a boca fazia parte de um rosto enorme. Fileiras de rostos semelhantes recobriam as paredes dos dois lados do corredor. À medida que ela e Hoggle passavam pelos rostos, cada um deles proclamava uma mensagem em tom retumbante:

"Volte enquanto ainda há tempo!"

"Este não é o caminho!"

"Preste atenção e não vá em frente!"

"Cuidado! Cuidado!"

"Em breve será tarde demais!"

Sarah cobriu as orelhas com as mãos. Os avisos pareciam ecoar dentro de sua cabeça.

Hoggle, avançando às pressas, olhou à sua volta para ver aonde a garota tinha ido e a viu parada ali. "Ora." Ele sacudiu uma das mãos. "Não lhes dê atenção. São só Alarmes Falsos. Há muitos deles no Labirinto. Significa que você está no caminho certo."

"Ah, não está, não", trovejou um rosto.

"Cale a boca", respondeu Hoggle, impaciente.

"Desculpe, desculpe", disse o rosto. "Estou apenas fazendo meu trabalho."

"Bem, você não precisa fazê-lo conosco", tornou Hoggle enquanto continuava a conduzir Sarah pela passagem.

O rosto observou-os seguir adiante. "Gente esperta", murmurou em tom de aprovação.

A passagem fazia curvas e mais curvas, mas, no geral, Sarah tinha a sensação de que estavam seguindo em frente, se é que existia tal direção no Labirinto, e sentiu-se animada. Eles passaram por outro rosto insculpido na pedra.

"Ah, cuidado!", bradou o rosto. "Pois..."

"Não enche." Hoggle sacudiu a mão, mostrando indiferença.

"Ah, *por favor*", pediu o rosto. "Eu não digo isso há tanto tempo. Vocês não fazem ideia de como é ficar preso aqui, nesta parede, e com..."

"Tudo bem", disse-lhe Hoggle. "Mas não espere muita atenção de nossa parte."

O rosto iluminou-se. "Ah, não, claro que não." Ele limpou a garganta. "Pois o caminho que está seguindo o levará à destruição certa!" O rosto fez uma pausa e acrescentou educadamente: "Obrigado".

Enquanto o rosto falava em seu tom monótono, uma pequena bola de cristal veio rolando e saltitando pela passagem, atrás de Sarah e Hoggle. Ela os ultrapassou quando faziam uma curva e eles a viram sacolejar adiante. Mais à frente, um mendigo cego estava agachado, apoiando as costas na parede, o chapéu virado no chão diante de seus pés. A bola de cristal saltou diretamente para dentro do chapéu.

Sarah ouviu Hoggle gemer e olhou para o homenzinho. Ele estava com a boca aberta e seus olhos encaram o chapéu no chão.

O mendigo virou o rosto na direção deles. "Então, o que temos aqui?", perguntou ele.

"Hum, nada", gaguejou Hoggle.

"Nada? *Nada?!*" O mendigou se levantou.

Hoggle congelou. Sarah arfou. Era Jareth.

"Majestade..." Hoggle fez uma reverência tão obsequiosa que por pouco não deu uma cambalhota para frente. "Que...", ele engoliu em seco e deu um sorrisinho abatido, "que... que bela surpresa."

"Olá, Hedgewart", disse o Rei dos Duendes.

"Hogwart", Sarah corrigiu-o.

"*Hoggle*", disse Hoggle, rilhando os dentes.

"Hoggle", disse Jareth, com um tom simpático de quem quer conversar, "será possível que você esteja ajudando a garota?"

"Ajudando?", disse Hoggle, evasivo. "Em que sentido? Ah..."

"No sentido de que você a está levando mais longe no Labirinto", respondeu Jareth.

"Ah", tornou Hoggle. "*Nesse* sentido."

"Sim."

"Ah, não, Majestade. Eu a estava levando de volta ao início."

"O quê?", exclamou Sarah.

Hoggle forçou um sorriso agradável para Jareth. "Eu disse a *ela* que iria ajudá-la a decifrar o Labirinto — uma mentirinha da minha parte..." Ele deu uma gargalhada e engoliu em seco. "Mas, *na verdade*..."

Jareth, sorrindo com simpatia, interrompeu-o. "E o que é essa bugiganga de plástico no seu pulso?"

"Isto? Eu..." Hoggle lançou um olhar surpreso para a pulseira, que alguém devia ter colocado em seu pulso enquanto ele tirava uma soneca e cuja presença ali ele inexplicavelmente ainda não havia notado até aquele instante. "Ora", gaguejou, "ah, minha nossa, eu não... de onde veio isto?"

"Hoggle." Jareth falava com tranquilidade. "Se eu desconfiar que você está me traindo, serei forçado a pendurá-lo de *cabeça para baixo* no Pântano do Fedor Eterno."

"Ah, não, Majestade." Os joelhos de Hoggle tremiam. "Não. O Fedor Eterno, não."

"Ah, *sim*, Hoggle." Jareth virou-se e sorriu para Sarah. "E você, Sarah, o que está achando do Labirinto?"

Sarah engoliu em seco. Ao seu lado, ela ouvia Hoggle arrastar os pés. Decidida a não permitir que Jareth a intimidasse, ela fingiu uma indiferença que estava muito longe de sentir.

"É...", hesitou. "É moleza."

Jareth ergueu uma sobrancelha, com elegância.

Hoggle fechou os olhos, desalentado.

"É mesmo?" Jareth parecia intrigado. "Então, que tal torná-lo um desafio mais divertido?"

Ele ergueu os olhos e, flutuando no ar, surgiu o relógio de treze horas. O Rei dos Duendes fez um gesto gracioso e os ponteiros do relógio começar a andar visivelmente mais depressa.

"Isso não é justo", disse Sarah.

"Você está sempre dizendo isso. Fico me perguntando qual é sua base de comparação."

Jareth retirou a bola de cristal do chapéu e a atirou de volta no túnel. No mesmo instante, ouviu-se um som na escuridão: um som de algo que esmagava, zumbia e girava, ainda ao longe, mas cada vez mais próximo, e mais alto.

O rosto de Hoggle era uma máscara de pânico. Sarah viu-se recuando instintivamente do barulhão que se aproximava.

"O Labirinto é uma moleza, não é?", riu Jareth. "Bem, agora veremos como você lida com isto aqui." Enquanto sua gargalhada desdenhosa ainda ecoava, ele desapareceu.

Sarah e Hoggle fitaram a passagem à frente. Quando viram o que vinha em sua direção, ficaram boquiabertos e começaram a tremer.

Uma sólida parede de facas e cutelos que giravam furiosamente movia-se, implacável, na direção deles. Dúzias de lâminas afiadas cintilavam na luminosidade, cada uma delas apontada para frente e zumbindo malignamente. A parede de lâminas preenchia todo o túnel, como um metrô nos trilhos, e os faria em pedacinhos em um piscar de olhos. Além disso, Sarah notou com horror, na parte de baixo da máquina de retalhar havia um conjunto de escovas a todo o vapor, para limpar a sujeira atrás de si.

"A Cortadora!", gritou Hoggle, esganiçado, e saiu correndo.

"O quê?" Sarah estava tão aterrorizada que parecia hipnoticamente fincada no chão.

"Corra!" O grito de Hoggle ecoou a alguma distância e a trouxe de volta a si. Ela disparou atrás dele.

A máquina cortadora seguiu tinindo e girando, impiedosa, atrás deles.

Tudo o que era preciso para que a história terminasse aqui era que eles chegassem a um beco sem saída. Ao fazerem uma curva, se depararam com um. Uma porta fortemente trancada fechava o túnel à sua frente.

CADA VEZ MAIS PARA CIMA

VI

Sarah ofegava. O zumbido das lâminas se aproximava depressa.

Hoggle batia pateticamente na enorme porta e balbuciava consigo mesmo.

Mas Sarah não estava prestando atenção. Ela olhava ao redor — e também para cima e para baixo, procurando uma saída. A garota correu ao longo das paredes laterais, em busca de uma maçaneta ou de um botão. Tinha de haver uma saída. Era assim que o Labirinto funcionava. Sempre havia um truque. Se ao menos ela conseguisse encontrá-lo.

Aquele barulho de coisas tinindo, zumbindo, agitando-se e varrendo estava cada vez mais alto. Ela olhou de relance para o que Hoggle estava fazendo. Ele continuava tateando a porta, desesperado. Era inútil contar com ele agora. O que ela faria? O quê?

De repente, a garota bateu os olhos em uma parte da parede, a um lado da porta, que parecia diferente do resto, um painel de placas de metal. Ela o empurrou e sentiu a estrutura ceder um pouco.

"Hoggle!", gritou ela, acima do barulho ensurdecedor.

“Sarah!”, respondeu ele, esmurrando a porta com seus punhos gorduchos, e chutando-a, como se se pudesse esperar que ela se abrisse diante daquela demonstração de frustração. “Não me deixe!”

“Venha aqui me ajudar”, gritou de volta a garota.

Hoggle uniu-se a ela. Juntos, eles colocaram todo o peso sobre as placas de metal, empurrando-as.

“Vamos”, disse Sarah ao homenzinho, “*empurre*, seu traidorzinho. *Empurre!*”

Hoggle estava empurrando. “Eu posso explicar”, ofegou ele.

“EMPURRE!”

O painel cedeu de repente. Eles caíram pelo vão que se abriu e se estatelaram no chão.

Atrás deles, a máquina cortava o ar bem ao lado da abertura para onde se voltavam seus pés. Quando ela chegou à enorme porta trancada, fez-se um terrível barulho de objetos sendo moídos quando as facas e os cutelos trituraram a madeira, lançando-a fora em lascas que as escovas giratórias varreram com cuidado. A máquina era conduzida por quatro duendes, que giravam suas manivelas sobre uma plataforma atrás da parede de facas. Eles grunhiam e suavam pelo esforço de girar puxadores e operar alavancas para manter a geringonça funcionando. A barulheira seguiu adiante, atravessando a porta demolida e se afastando dali.

Sarah deitou-se de costas, recuperando o fôlego. Hoggle olhou para a garota no chão. “Ele está vindo com tudo para cima da gente”, disse o homenzinho, e meneou a cabeça com um leve ar de admiração. “A Cortadora, o Fedor Eterno — tudo. Ele deve realmente acreditar no seu potencial.”

Sarah respondeu com um sorrisinho forçado. “Ele tem umas ideias bem esquisitas.”

Mas Hoggle estava ocupado novamente. Os olhos correndo da direita para a esquerda sob as grossas sobrancelhas, ele se movia pesadamente nas sombras, até que encontrou o que estava procurando. "É disso que precisamos", declarou. "Siga-me."

Sarah sentou-se e olhou. Ali, no chão do túnel em que haviam entrado, ela viu os pés de uma escada que subia rumo à escuridão.

"Ora, vamos", chamava Hoggle. A haste do primeiro degrau era alta demais para o homenzinho, e ele pulava, tentando alcançá-la.

Sarah foi até ele. Em sua opinião, a escada não parecia segura. Era feita de uma estranha variedade de pedaços de madeira, tábuas e galhos, unidos uns aos outros com pontas de corda e pregos só parcialmente fincados.

"Anda, me dá uma mãozinha", pressionou Hoggle.

A garota estava de pé com uma das mãos na escada. "Como posso confiar em você agora que sei que estava me levando de volta ao início do Labirinto?", perguntou ela.

"Eu não *estava*", protestou Hoggle, encarando-a ferozmente com aqueles olhinhos teimosos. Ele mentia tão mal que chegava a dar pena. "Eu disse a *ele* que estava levando você ao início do Labirinto para despistá-lo, entende? Heh-heh. Mas, na verdade..."

"Hoggle." Sarah lançou um sorriso de censura ao homenzinho. "Como posso acreditar em alguma coisa que você diz?"

"Bem", respondeu ele, estreitando apenas um dos olhos, "deixe-me colocar desta forma. Que escolha você tem?"

Sarah refletiu. "Tem razão."

"E agora", tornou Hoggle, "o mais importante é voltar lá para cima." E retomou suas tentativas de saltar para o primeiro degrau da escada bamba.

A garota o ajudou a alcançar o degrau, observou-o começar a subir e o seguiu. Ela pensou que, a qualquer momento, a coisa poderia despencar; mas, então, como Hoggle dissera, que escolha ela tinha?

Sem virar a cabeça, Hoggle falou: "A outra coisa importante é não olhar para baixo".

"Certo", respondeu Sarah e, embora aquilo fosse uma ousadia infantil, ela teve de dar uma olhadinha para além de seus pés. "Aaaaah!", gritou a garota. Eles haviam subido a uma altura muito maior do que ela pensou que fosse possível naquele intervalo. A escada bamba parecia se estender infinitamente abaixo dela. Sarah não conseguia ver os pés da escada, nem seu topo. Ela se sentiu incapaz de subir mais um degrau que fosse. Agarrando-se às laterais da escada, a garota começou a tremer. A escada inteira tremeu com ela.

Mais acima, Hoggle agarrou-se desesperadamente à escada tremulante. "Eu disse para *não* olhar para baixo", gemeu ele. "Ou talvez *não* signifique *sim* no lugar de onde você vem?"

"Sinto muito, eu não tinha percebido que..."

"Bem, depois de ter tremido o quanto quiser, talvez possamos continuar."

"Não consigo evitar", choramingou Sarah.

Sacolejando como um macaco num galho, Hoggle conseguiu responder: "Bem, só temos de ficar aqui até um de nós cair, ou até nos transformarmos em comida de minhoca".

"Eu *sinto* muito", disse Sarah, ainda tremendo.

"Ah, ótimo. Ela sente muito. Neste caso, não me importo de acabar despencando para a morte certa."

Respirando profundamente e olhando decidida para cima, Sarah se obrigou a pensar em coisas alegres e seguras: Merlin, seu quarto, noites incríveis em que saíra com a mãe, tabuadas. Deu certo. Ela retomou o controle do corpo e começou a subir outra vez.

Hoggle sentiu a aproximação da garota e também retomou a subida. "Veja", disse ele, "você precisa entender minha posição. Sou um covarde, e Jareth me deixa apavorado."

"Que tipo de posição é essa?"

"Uma posição muito ruim. Essa é a questão. E você também não seria tão corajosa se já tivesse sentido o cheiro do Pântano do Fedor Eterno. É... é..." Agora era a vez de Hoggle pausar a subida e controlar seus tremores.

"O que é?"

"Fico enjoado só de pensar."

"É só isso o que ele faz?", perguntou Sarah. "Cheira mal?"

"Acredite, é o bastante. Ah, meu Deus. Espere, espere para ver, se você chegar até lá."

"Não dá para tapar o nariz?"

"Não." Hoggle estremeceu outra vez, mas voltou a subir. "Não com aquele cheiro. Ele entra pelas orelhas. Pela boca. Por onde quer que consiga entrar."

Sarah pensou que podia enfim ver o topo da escada. Havia frestas com luz do dia mais acima.

"Mas o pior de tudo", continuou Hoggle, "é que se só um pouquinho da lama espirrar na sua pele, você nunca, *nunca* vai conseguir se livrar do fedor."

O homenzinho estava no topo da escada agora. Ele ergueu o braço, tateou, deslizou um ferrolho e abriu um alçapão de madeira.

Lá fora via-se um límpido céu azul. Sarah nunca havia visto nada tão bonito.

O SENTIDO DA VIDA

VII

Sarah alcançou Hoggle no último degrau no alto da escada, grata ao se agarrar à lateral do alçapão aberto. A sensação era de terra firme depois de uma viagem marítima.

Eles olhavam para um jardim, onde pássaros cantavam. O jardim era cercado por sebes bem podadas — cercas vivas quadradas, pensou a garota. E de fato as sebes estendiam-se em linhas tão retas, com aberturas tão exatas, e faziam curvas em ângulos retos tão precisos, e a relva estava tão rente ao chão e bem aparada, que o jardim parecia uma caixa verde, tendo o céu azul por tampa. Mas não era *por isso* que se chamavam cercas vivas quadradas, não é? Aquele era um jardim bastante formal, com monumentos de pedra cuidadosamente posicionados. Nas pedras havia entalhes rúnicos e alguns rostos — mais daqueles Alarmes Falsos, concluiu Sarah, preparando-se para as previsões pessimistas.

O alçapão mesmo pelo qual haviam saído era o topo de uma grande urna ornamental, fixada sobre uma mesa de mármore. Que arranjo ridículo, pensou Sarah ao se arrastarem para fora da urna e colocarem os pés no gramado. Nada era o que parecia ser. Era como uma língua em que todas as palavras fossem iguais às suas, mas na qual tinham um significado bem diferente daquele a que você estava acostumado. De agora em diante, ela não julgaria nada ali pela aparência. A garota olhou, desconfiada, para a urna e, em seguida, para o gramado. Seus passos eram cuidadosos. Talvez ela acabasse por descobrir que estava andando sobre a cabeça de alguém.

Hoggle espalmou as mãos. "Bem, aqui estamos. Você segue sozinha daqui."

"O quê?"

"Isto é o mais longe que vou."

"Você..."

"Disse que eu não prometia nada." Hoggle deu de ombros, indiferente.

"Mas você..."

"E você disse que não precisava de ninguém para salvá-la."

"Seu tratantezinho!" Sarah estava indignada. "Seu *tratantezinho* nojento!"

"Não sou tratante. Eu disse que a levaria o mais longe que eu pudesse ir. Bem, é aqui."

"Você está mentindo. Você é um covarde, mentiroso e... e..."

Ele fungou. "Não tente me deixar envergonhado. Eu não tenho orgulho."

"Nanico!"

"Não diga isso." Hoggle cerrou os punhos.

"Seu tampinha nojento, duas caras, trapaceiro, malvado e nanico!"

"Já disse para não dizer isso!" O homenzinho ergueu as sobrancelhas.

A garota se inclinou para ele e sussurrou: "Nanico".

"*Arrgh.*" O corpo de Hoggle enrijeceu. Ele arreganhou os dentes e abriu a boca para gritar. Com os pés juntos, ele saltou, voltando ao chão com um baque. Então, perdeu o equilíbrio e rolou pela grama, distribuindo socos no ar e dando chutes com suas pernas atarracadas. Sua voz alternava entre um grunhido e um berro. "Foi você quem insistiu em prosseguir.

Eu disse que tiraria você daqui, mas, ah, não, você é tão esperta. Você sabia o melhor a fazer, não é? *Arrgh.* Bem, agora você está por sua própria conta, e boa sorte para você, e já vai tarde." Ele fechou os olhos e rolou pela grama outra vez.

Sarah o observava, a boca escancarada de espanto. Ela nunca vira alguém tão furioso, nem mesmo Toby.

Por fim, Hoggle se acalmou e permaneceu deitado por um instante, os olhos ainda fechados, o corpo sofrendo leves espasmos ocasionais. Sarah ficou imaginando se ele precisaria de algum tipo de ajuda. Ela se sentia culpada: havia provocado tudo aquilo com uma única palavra, que claramente causava mais dor que pauladas e pedradas.

Hoggle abriu os olhos. Ele não olhou para a garota ao se levantar, limpar a grama das roupas e fingir que ainda tinha dignidade o suficiente para lhe dar as costas e ir embora com a cabeça erguida. "Hoggle não vai voltar para salvá-la desta vez", informou o homenzinho.

"Ah, sim, vai sim", Sarah murmurou baixinho. E antes que ele pudesse ir embora, ela avançou depressa e arrancou a corrente de broches e penduricalhos do cinto de Hoggle. A garota precisou puxar a corrente com força para arrancá-la dali, e o homenzinho tropeçou para frente.

"Ei!", protestou ele.

"Rá, rá!" Ela segurava as preciosas joias a uma altura que ele não podia alcançar.

Hoggle dançava em círculos, debaixo da corrente que oscilava no ar, tentando saltar e agarrá-la. Não funcionou. "Devolva isso!", berrou ele.

"Não. Você pode pegá-la de volta quando eu chegar ao centro do Labirinto."

"Mas você ouviu Jareth", choramingou Hoggle. "O centro fica mais longe do que eu posso ir. Não! Não!" Seus queixumes se transformaram em um lamento esganiçado. "*De cabeça para baixo* no Pântano do Fedor Eterno", disse ele, fechando os olhos e estremecendo.

"Agora, lá está o castelo", disse Sarah, em um tom deliberadamente casual, como o que um pai ou mãe poderia usar com o filho depois de um ataque de birra. Por cima das sebes, ela via os pináculos, os torreões e as torres do castelo cintilando à luz do sol. Ela apontou para lá e disse: "Que caminho deveríamos tentar?".

"Não sei." Hoggle estava carrancudo.

"Mentiroso."

"Devolva!" Hoggle tentava pular e pegar a corrente outra vez. "*Devolva!*"

Sarah o ignorou. "Vamos tentar por aqui", propôs ela, e atravessou, enérgica, uma das aberturas nas sebes, passando a uma viela demarcada pelas cercas vivas.

Ele a seguiu com relutância, o queixo tombado sobre o peito.

Ela caminhou à frente pela viela estreita e logo saiu em outro jardim, muito semelhante ao que haviam deixado pouco antes. Na verdade, era tão parecido com o primeiro jardim que... *era* o mesmo jardim, percebeu ela. A garota foi até a urna e ergueu a tampa para verificar. Sim, lá estava a escada que levava para baixo. Ela franziu o rosto. "Não foi daqui que acabamos de sair?"

Hoggle não prestava atenção em nada além de sua corrente de penduricalhos. "Sua... sua..." Ele pulou, mas não conseguiu erguer-se mais que um centímetro do chão. "Devolva!", rosnou o homenzinho.

"Tenho certeza de que é o mesmo lugar." Sarah fitou as sebes e decidiu tentar outra abertura. "Vamos", disse a Hoggle, "vamos tentar por aqui."

Ele correu desconsolado atrás da garota.

Mais uma vez, a passagem se estendia por uma linha geometricamente reta, formando um ângulo reto com a sebe que bordejava o jardim, e mais uma vez, depois de alguns passos, eles chegaram a um jardim tão parecido...

Sarah gemeu. "Ah, *não*." Eles haviam entrado por uma abertura exatamente defronte àquela pela qual haviam saído.

"Dê minhas coisas." Hoggle tentava usar um tom de ameaça. Era fácil ignorá-lo.

"Vamos", disse Sarah, destemida, e tentou uma abertura diferente.

O resultado foi igual ao anterior. Eles estavam diante da abertura pela qual haviam saído, e Hoggle não observava nada além de suas joias. Sarah coçou a cabeça. "Não acredito", murmurou ela, correndo os olhos pelo jardim. "Qual delas ainda não tentamos?"

Hoggle apontou para uma abertura.

"Bem, vamos tentar aquela, então." E disparou pela abertura.

Desta vez, Hoggle não a seguiu. Ficou esperando no gramado, de braços cruzados. Pouco depois, ela reapareceu.

"Ah", gemeu a garota, "não é possível."

"Ela é tão esperta, não é?", zombou Hoggle. "Acha que pode fazer tudo sozinha. E já está perdida antes mesmo de ter começado."

Sarah ralhou com ele. "Não adianta nada ficar bancando o convencido. Se você não me ajudar, não vai ter suas coisas de volta."

"Mas..." O rosto de Hoggle transparecia desapontamento. "Eu não *sei* que caminho seguir", admitiu o homenzinho.

"Então vai ter de ajudar de alguma outra forma, tudo bem?"

"Elas são minha propriedade legítima", queixou-se Hoggle. "Não... não é *justo*."

"Não, não é", reconheceu Sarah. Ela percebeu que estava sorrindo e levou um instante para entender por quê. Então, compreendeu o motivo, como a um enigma que nunca mais a enganaria. Nada era justo. Se você esperasse justiça, sempre se decepcionaria. Ela abriu um largo sorriso para Hoggle. "Mas é assim que é."

Nesse momento, ela viu uma curiosa figura de túnica caminhando devagar pelo gramado, aparentemente mergulhada em pensamentos. De onde teria saído? Era um velhinho com longos bigodes brancos e sobrancelhas também brancas, mas o que mais chamava a atenção nele era o chapéu, que tinha no alto a cabeça de um pássaro de bico fino e olhos que relanceavam para todo lado.

"Com licença", chamou Sarah, correndo pelo gramado para alcançar o velhinho. Com seus passos lentos, sua testa enrugada, a cabeça pendida e as mãos unidas atrás das costas, ele parecia muito sábio. Certamente ele poderia ajudá-la muito mais que o nanico insignificante com quem ela tivera de contar até agora. Ele se sentava em um banco do jardim, a expressão grave, quando ela se aproximou. "Por favor", disse ela, "pode me ajudar?"

O Sábio realmente sequer notou a presença de Sarah. É verdade que ele ergueu o rosto para a garota, mas apenas como alguém que, perdido em pensamentos, olhasse para uma árvore, uma mosca ou uma nuvem. Em vez de Sarah, ele parecia estar vendo um horizonte distante para além dela, tão distante que eram poucos os mortais que já o teriam visto antes.

Suas meditações eram por certo de grande profundidade e amplitude, qualquer que pudesse ser o objeto de seus pensamentos. Ele provavelmente fazia profundas ponderações sobre algum problema que Sarah nunca teria sequer imaginado. Seria um problema matemático, pensou ela, como a raiz quadrada de menos dois? Ou filosófico, talvez o sentido do sentido? Mas não, essas eram coisas que ela já havia ao menos tentado imaginar, quando lera a respeito. Era mais provável que aqueles grandes olhos que enxergavam para além dela estivessem absortos em alguma questão de física, ou bioquímica, ou linguística, ou tudo isso ao mesmo tempo, e ainda mais.

"Por favor?", repetiu ela, tímida.

De repente, a cabeça de pássaro no chapéu do Sábio falou: "Vá embora! Não está vendo que ele está pensando?".

O Sábio lentamente ergueu um dedo, girou os olhos para cima, na direção do pássaro, e falou. "Shhh", disse ele.

Sarah fechou a boca, arrependida. Ela deu um passo para o lado e aguardou.

"E não fique encarando", o chapéu a repreendeu. "Você vai aborrecê-lo."

"Desculpe."

Os lábios do Sábio se abriram devagar e seus olhos giraram para cima outra vez, para falar ao chapéu. "Silêncio", ordenou ele.

O chapéu lançou um olhar divertido e ao mesmo tempo irritado para Sarah. "É assim que ele me agradece", disse o chapéu, ofendido.

"Onde eu estava?", perguntou o Sábio.

"Como posso saber?", chilreou o chapéu. "Você é o Grande Pensador."

O Sábio notou a presença de Sarah. "Ah, uma jovem."

Sarah respondeu com um sorrisinho de cortesia.

O olhar do Sábio voltou-se para baixo e recaiu sobre Hoggle. "E esse é seu irmão?"

"Ah, não", respondeu Sarah. "Ele é só um amigo."

Hoggle estava prestes a protestar por ter sido tomado por irmão de Sarah, mas parou e olhou de viés para a garota. Era a primeira vez que alguém o chamava de amigo. Ele franziu o rosto.

O Sábio respirou profundamente. "E que posso fazer por você?", perguntou a Sarah.

"Por favor", disse ela, sentindo-se envergonhada e um pouco confusa por estar conversando com um sábio ancião sobre o que deveria parecer a ele uma questão tão trivial. "Pode me dizer... nós... hum, quero dizer, *eu* preciso chegar ao castelo... Mas não consigo sequer sair deste jardim. Toda vez que tento sair, acabou voltando para cá. Consigo ver o castelo lá adiante, mas... pode me dizer, por favor, como chegar ao castelo?"

"Ah", assentiu devagar o Sábio, fechando os olhos. E depois de um instante, ele disse: "Então, você quer chegar ao castelo".

"*Que* inteligência!", bradou o chapéu de olhos cintilantes.

"Quieto", ordenou o Sábio.

"Maluco", tornou o chapéu.

Sarah colocou a mão sobre a boca para esconder um risinho.

O Sábio uniu as mãos sobre o colo. "Então, mocinha", disse à garota, contraindo os lábios enquanto pensava. Assentindo, ele explicou: "O caminho adiante às vezes é o caminho para trás".

O chapéu fez uma careta. "Você vai ficar ouvindo toda essa bobagem?"

O Sábio olhava fixamente para cima, cerrando os punhos. Ele limpou a garganta. "E às vezes", prosseguiu, lançando um olhar grave para Sarah, "o caminho para trás..."

"É o caminho adiante", interrompeu o chapéu. "Dá para acreditar? É o que lhe pergunto."

"Quer calar a boca?" ordenou o Sábio seriamente ao chapéu. Ele tornou a fitar Sarah. "Muitas vezes, jovenzinha, parece que não estamos chegando a lugar algum quando, na verdade, estamos."

Sarah lançou um olhar desanimado pelo jardim. "Bem, com certeza não estou chegando a lugar algum neste momento."

"Nós também não", comentou o chapéu.

"Talvez", disse o Sábio, "talvez as coisas apenas pareçam ser assim. As coisas... nem sempre são... o que..." Parecia que ele começava a devanear, quem sabe sobre a natureza do bem e do mal, ou sobre cálculo quadridimensional, e conseguiu apenas terminar a frase: "...parecem".

O chapéu baixou a cabeça para dar uma espiada no Sábio e, então, animado, ergueu os olhos para Sarah e Hoggle. "Acho que essa é sua resposta", declarou. "A soma total da sabedoria terrena derramada a seus pés por ter feito uma pergunta. Por favor, deixe uma contribuição na caixa."

Só então Sarah notou que o Sábio havia distraidamente retirado das dobras de sua túnica uma caixa de coleta com uma abertura para moedas e agora se sentava, um tanto abstraído em contemplação, com a caixa sobre os joelhos. Quando a garota olhou para o objeto, o Sábio o sacudiu discretamente.

O que ela devia fazer? A garota hesitou, então teve a ideia de doar um dos penduricalhos da corrente de Hoggle, que ela ainda mantinha consigo.

O homenzinho leu seus pensamentos. "Não se atreva!", rosnou ele. "São minhas."

Sarah hesitou novamente e acabou tirando do dedo o anel que a mãe usara em uma de suas apresentações. Hoggle observou, cheio de cobiça, a garota colocar o anel na caixa de coleta. Ele havia pensado que conseguiria ficar com aquela joia também.

"Muito obrigado, é muita gentileza", disse o chapéu, como um pregoeiro de feira. "Vão andando, por favor."

Conforme se afastavam pelo jardim, Hoggle disse: "Você não precisava ter dado aquilo. Ele não lhe disse nada".

"Bem", refletiu Sarah, "ele disse alguma coisa sobre o caminho adiante ser, às vezes, o caminho para trás. Não chegamos a lugar nenhum até agora tentando seguir em frente, então, por que não tentar sair de costas? Talvez dê certo."

A expressão de Hoggle era de ceticismo, mas ele decidiu agradá-la fazendo o que ela havia sugerido. Eles saíram, de costas, pela abertura na sebe por onde Sarah havia entrado pela última vez, e o jardim permaneceu em um silêncio tranquilo, pontuado pelo canto dos pássaros.

O chapéu observava para onde eles haviam seguido. Como não voltaram, ele chilreou: "Bem, vejam só! Eles seguiram seu conselho".

"Zzzzzz", fez o Sábio, cochilando após tanto trabalho mental.

O chapéu baixou a cabeça para dar uma espiadinha no Sábio. "É tão estimulante ser seu chapéu."

"Zzzzzz", concordou o Sábio.

UMA VOZ MUITO ALTA

VIII

Depois de terem deixado o Sábio, Sarah e Hoggle descobriram que andando para frente eles podiam avançar pelo caminho. Isso fez uma diferença e tanto. Mas, talvez, nem tanto assim, porque o labirinto de cercas vivas os conduzia por curvas à esquerda e à direita e de volta tantas vezes que era impossível fazer qualquer progresso em direção ao castelo. Ele podia ser visto quase o tempo todo, seus pináculos e torreões avultando, à distância, por cima da sebe, mas não importava o quanto caminhassem, nem com que rapidez o fizessem, o castelo permanecia ao longe.

Sarah ainda pensava no Sábio. "Hoggle", perguntou ela, "como você sabe quando alguém está sendo razoável e quando alguém está dizendo bobagens?"

Hoggle deu de ombros, impaciente. "Como posso saber? Tudo o que sei é que vamos acabar completamente perdidos neste lugar. Deixe-me voltar."

"De jeito nenhum. Agora você segue comigo até chegarmos lá", disse Sarah, imaginando quanto tempo ainda lhe restava.

"Hum!", fungou Hoggle, num tom nada comprometido, pensou Sarah.

Bem, ela ainda tinha a preciosa corrente de badulaques do homenzinho. A garota não a devolveria até encontrar Toby e julgava que nada levaria Hoggle a abandoná-la enquanto ela estivesse com seu tesouro.

Viela, curva, viela, beco sem saída, coluna de pedra, viela, arbusto ornamental, curva, e assim seguia, levando a lugar nenhum. Sarah se perguntava se aquele não seria um sistema fechado, sem outra saída além da própria entrada, aquela urna. Era exatamente o tipo de enigma que Jareth apresentaria, para desperdiçar o tempo que ela ainda tinha. Mas, se fosse esse o caso... Ela estremeceu. Será que ela teria coragem de voltar para dentro da urna, descer aquela escada e começar tudo outra vez naquela horrenda passagem subterrânea?

Descer, descer, descer, descer...

Ela se lembrou das mãos, do calabouço, daquela máquina cortadora aterrorizante, e de Jareth vestido de mendigo. A garota recordou uma frase de um livro, frase essa que certa vez a mãe lera para ela em voz alta, como gostava de fazer quando algo lhe chamava a atenção: *Cuidado com o que você diz a um mendigo: ele pode ser Deus disfarçado*. Quando tornasse a ver a mãe, Sarah diria: "Ou talvez seja só o Rei dos Duendes".

Ela deu de ombros. Como se poderia esperar que ela tivesse algum respeito por Jareth? É óbvio que ele era perigoso e poderoso, mas ele tinha plena consciência disso, até demais: um exibicionista, na verdade; e, quer dizer, um trapaceiro. Ele tinha certo estilo, isso Sarah conseguia admitir. Ele era até bonito. Mas como se pode respeitar, e menos ainda admirar, alguém como ele? A melhor palavra em que ela podia pensar para descrevê-lo era *patife*.

Viela, curva, viela... assim se arrastavam adiante. Cercados por sebes como estavam, Sarah e Hoggle não conseguiam ver que não estavam completamente sozinhos no labirinto. A cabeça e as voltas de uma serpente marinha deslizavam sobre uma sebe bem perto deles. Contudo, se tivessem realmente encontrado o monstro, talvez tivessem visto, correndo debaixo dele, três pequenos pares de pés de duendes, e ouvido os grunhidos dos duendes que sustentavam as partes da serpente. Por diversas vezes eles por pouco deixaram de encontrar um duende em uma montaria, com uma lança e uma bandeira, o qual havia sido enviado por Jareth para procurar por eles e que já estava galopando a esmo fazia uma hora.

Hoggle ficou quieto por algum tempo. Por fim, perguntou: "Por que disse que eu era seu amigo?"

"Porque você é", disse ela com sinceridade. "Pode não ser lá um grande amigo, mas é o único que tenho neste lugar."

Hoggle meditou sobre aquilo por um instante e então disse: "Nunca fui amigo de ninguém antes".

Um rugido assustador, vindo de algum lugar ali perto, fez os dois congelarem na trilha que seguiam.

Hoggle girou sobre os calcanhares. Parando apenas para dizer: "Fique com as coisas!", ele começou a correr de volta, fugindo do rugido.

Sarah correu atrás dele e o agarrou pela manga da camisa. "Espere um minuto", disse ela, furiosa. "Você é meu amigo ou não?"

Enquanto Hoggle hesitava, outro rugido estrondoso decidiu a questão por ele: "Não! Não, não sou. Hoggle não é amigo de ninguém. Ele só cuida de si mesmo. Como todo o mundo faz". O homenzinho conseguiu fazê-la soltar a manga de sua camisa. "Hoggle é amigo de Hoggle", Sarah o ouviu gritar enquanto corria desabalado na direção oposta à dos rugidos e desaparecia no labirinto.

"Hoggle!", chamou a garota. "Seu covarde!"

Ela ouviu outro rugido pavoroso, mas permaneceu onde estava. O monstro, seja lá o que fosse, não parecia estar se aproximando. "Bem", disse Sarah, falando em voz alta para se tranquilizar, "não vou ficar com medo. As coisas nem sempre são o que parecem neste lugar — foi isso que o Sábio disse." O som trovejou outra vez, como um bando de leões famintos rugindo em uníssono. "Pode ser alguma criaturazinha minúscula", Sarah disse a si mesma, "totalmente inofensiva... mas que por acaso tem uma voz *muito* alta..." Afinal de contas, de longe a pessoa mais barulhenta em sua casa era Toby, e ele não podia fazer mal a ninguém. Existiria alguma lei que ela nunca havia entendido, alguma coisa como as menores criaturas produzirem os sons mais altos? Será que os dinossauros rugiam? Ela concluiu que não. Eles deviam rosnar baixinho. Mas, então, e as formigas? Elas provavelmente faziam um barulho terrível, para além do alcance da audição humana.

Já que ela não fugiria, a única alternativa era seguir na direção de onde vinham os rugidos, com um fiozinho de esperança de que adiante significava avançar no caminho. E então, cruzando os dedos para atrair sorte, ela caminhou, insegura, pela viela ladeada de sebes.

Quando chegou a uma abertura na cerca viva, Sarah espiou cautelosamente do outro lado e viu que, de fato, as coisas nem sempre são o que parecem. O rugido vinha de um monstro enorme e assustador, mas o animal estava de cabeça para baixo, suspenso em uma árvore por uma das pernas. Ele rugia de dor, pois quatro duendes o atormentavam com varas mordentes, longos bastões com criaturazinhas ferozes na ponta, que mordiam feito piranhas sempre que tinham oportunidade.

O monstro enorme, que tinha o corpo coberto de longos pelos castanho-alaranjados, debatia-se inutilmente na tentativa de acertar os duendes, mas o único resultado era que seu corpo balançava de um lado a outro. Isso apenas tornava mais divertida a brincadeira dos duendes, dando a cada um deles a chance de disparar na frente dos demais e começar um ataque cruel com a vara mordente antes que o monstro, que berrava e distribuía golpes freneticamente, conseguisse recuar. Não havia dúvidas de que estavam se divertindo a valer. Eles disputavam entre si pelas partes macias do corpo do monstro que poderiam alcançar, e para ver quanto tempo conseguiam manter ali os dentes que o mordiam antes que tivessem de sair do caminho de seus braços desesperados. Os duendes estavam tão absortos que Sarah passou pela abertura na sebe e se aproximou deles sem qualquer risco de que a notassem.

Ela estava horrorizada com a cena. "Animaizinhos malvados!", murmurou consigo mesma.

A garota olhou em volta, procurando uma arma, e encontrou algumas pedras. Ela pegou uma, mirou com cuidado e a atirou no duende mais próximo. A pedra o acertou na cabeça, fazendo descer a viseira do elmo sobre seus olhos.

"Ei", exclamou o duende. "Quem apagou as luzes?"

Ele ficou cambaleando às cegas, ainda brandindo a vara mordente e dando estocadas no ar. A criatura selvagem na ponta da vara alegrava-se de morder qualquer coisa ao seu alcance. Quando entrou em contato com outro duende, cravou os dentes nele.

"Ai! Ai!", gritou o duende mordido. "Ei, você, pare com isso."

"Parar com o quê?", perguntou o primeiro duende, ainda distribuindo golpes às cegas.

Agora, o segundo duende sofria um ataque feroz. "*Aargh*. Cão inútil. Refeição de rato!" Rancoroso, ele revidou usando deliberadamente sua vara mordente.

Foi a vez de o duende que não enxergava uivar de dor. "Socorro! Quem está me atacando? Onde estão as *luzes*?"

Os outros dois duendes haviam parado de atormentar o monstro. Aquilo era ainda mais divertido. Eles cutucavam um ao outro e davam risadinhas enquanto assistiam à briga.

"Arrebenta!", gritou um deles.

"Acerta ele!", berrou o outro, saltitando de animação.

Sarah havia agarrado outra pedra e agora a atirava. Ela estava pasma em ver como sua mira estava precisa hoje. A pedra acertou o elmo de um dos outros duendes, fazendo descer sua viseira. Cambaleando, ele trombou com o companheiro, derrubando também a viseira deste com o impacto.

"Socorro", gritava um.

"Ficou tudo escuro", guinchou o outro.

"O que aconteceu?"

"Luzes! Onde estão as luzes?"

Nesse meio tempo, o primeiro duende, ainda com a viseira sobre os olhos e incapaz de ver quem o estava mordendo, decidiu que sua única saída era dar no pé. Correndo às cegas, ele trombou em cheio com os outros dois, que agora cambaleavam. Sua vara mordente não perdeu a oportunidade.

Sarah observava, chorando de rir, enquanto três duendes duelavam entre si, elmos sobre o rosto, enquanto o quarto continuava praguejando por causa de suas chagas.

"Ai! Estou sendo mordido."

"Socorro! Luzes!"

"Ei. *Pare* com isso!"

"Verme! Brotoeja de cardo!"

O tumulto foi diminuindo à medida que os duendes se afastavam, uns perseguindo os outros, gritando e ululando, trombando nas sebes e caindo sobre suas raízes.

Sarah secou os olhos e seu rosto ficou sério quando olhou para o grande monstro ali pendurado. Tendo livrado a criatura de seus torturadores, a garota pensou que bem podia sair dali de mansinho, sem ser notada. Mas a piedade que havia sentido pelo monstro ainda falava alto em seu íntimo. Sarah se aproximou dele com cautela.

O que o grandalhão peludo viu foi outro torturador se aproximando. Ele soltou um rugido tenebroso e tentou acertar a garota com um golpe.

Ela tomou o cuidado de permanecer fora do alcance do monstro. De qualquer forma, até mesmo ficar ali de frente para a gigantesca criatura de cabeça para baixo já exigia mais coragem do que ela pensava ter. A garota lembrou-se de ter lido em algum lugar que se deve falar com firmeza e segurança com animais selvagens. Então, em sua mais perfeita voz de professora, ela disse: "Agora, *pare* com isso".

Outro grande rugido estava a caminho, vindo do âmago do corpo do monstro, mas ele parou a meio caminho assim que ouviu que ela falava com ele. "Murh?", disse ele.

Sarah estalou a língua. "Isso é jeito de tratar alguém que está tentando ajudar você?"

O monstro ainda estava em dúvida. Ele tentou soltar outro berro e mirar um golpe, mas sem muita convicção.

"Pare com isso, está ouvindo?" Sarah começava a se divertir. Era um papel que ela desempenhava bem, pois tinha bastante tempo para estudar aqueles que o desempenhavam todos os dias na sala de aula. Era um dos papéis que ela gostava de representar para divertir a mãe.

O monstro respondeu: "Hein?".

"Agora você quer ou não que eu desça você dessa árvore?"

O monstro ficou suspenso ali por um instante, refletindo sobre quais eram suas opções. Ele esticou o pescoço a fim de olhar para o tornozelo amarrado à árvore, refletiu mais um pouco, então voltou o rosto para Sarah.

"Ludo — desce", disse ele.

Sua voz se tornara quase reverente. No entanto, seu rosto ainda metia medo: ele tinha como que chifres de boi na cabeça, olhos encovados, uma mandíbula enorme com uma presa despontando de cada lado, e uma bocarra de aparência sinistra.

Sarah preparou-se para chegar mais perto da criatura. Ela sentiu seu hálito quente no rosto ao se colocar ao lado do monstro e inclinar-se a partir da cintura para dar uma olhada nele pelo ângulo correto. O que ela viu a deixou surpresa. A bocarra que antes parecera tão sinistra, com os cantos voltados para baixo, estava na verdade sorrindo com doçura para ela, é claro. Nossa, pensou a garota, deve ser assim com o pobre do Toby sempre que as pessoas se inclinam sobre ele na cabeceira do berço.

O monstro não só sorria para ela como agora piscava de um jeito meio pateta que só podia significar: "Estou em apuros, não é? Mas, de qualquer forma, como vai? E obrigado por ser legal comigo". Sarah retribuiu com um sorriso cauteloso. Ela não iria simplesmente acreditar que aquele monstro, como única exceção naquele lugar, fosse o que parecia ser.

"Ludo — desce", repetiu ele.

"Ludo... Esse é seu nome?", perguntou Sarah.

"Ludo — amigo."

"Uhum. Outras pessoas já me disseram isso antes. Então, não vou tirar conclusões sobre nada. Mas..." Ela meneou a cabeça e, mais para si mesma que para Ludo, concluiu, "seus olhos são iguaizinhos aos do Merlin".

Sentindo-se mais segura agora, ela acariciou a cabeça castanho-alaranjada de Ludo entre os chifres. Ele sorriu e suspirou.

Sarah endireitou-se e olhou para o nó que atava a perna de Ludo ao galho. Era um simples lais de guia, que ela podia soltar com um puxão. Erguendo a mão, ela hesitou e baixou os olhos para Ludo: "Eu realmente espero que você não volte a se transformar num monstro furioso quando eu o descer daí".

A resposta foi outro rugido que fez as rochas tremerem.

Sarah recuou de um salto. "Eu sabia! Não posso confiar em *ninguém* neste lugar."

Mas, então, ela viu que Ludo, longe de estar tentando atingi-la com um golpe, usava suas patas para esfregar um ou dois dos pontos mais doloridos em que os duendes o haviam machucado com as varas mordentes. "Ludo — dor", gemeu ele.

A garota o olhou mais de perto. Ele estava coberto de pequenas feridas sob o pelo, e elas sangravam. "Ah, coitadinho!", exclamou. Ela ergueu o braço depressa, puxou a corda e libertou o monstro. Ele bateu no chão com um baque sonoro.

Soltando gemidinhos profundos, ele se sentou e começou a esfregar a cabeça e as feridas que os duendes haviam feito nele. A garota o observava, ainda em dúvida se deveria esperar que ele a agradecesse ou a devorasse.

"Duendes — malvados com Ludo", disse ele, fazendo caretas.

"Ah, eu sei." Ela assentiu, com mais confiança do que realmente sentia. "Eles foram terrivelmente malvados com você", disse a Ludo. Sarah chegou mais perto do monstro e afagou seu braço. "Mas está tudo bem agora."

Ele fungou, ainda esfregando o corpo dolorido. Então, seu rosto se abriu no mais largo e terno sorriso bobo que ela já vira na vida, maior e mais bobo até do que em qualquer desenho animado. "Amiga!", declarou Ludo.

"Isso mesmo, Ludo. Eu sou Sarah."

"Sarah — amiga."

"Sim, é isso mesmo." Ela não conseguia abrir um sorriso tão grande e bobo como aquele, mas retribuiu da melhor forma que pôde, e acrescentou: "E quero lhe pedir um favor, Ludo".

"Hein?"

"Tenho de chegar ao castelo no centro do Labirinto. Você sabe o caminho até lá?"

Ludo meneou a cabeçorra, ainda sorrindo, radiante, para ela.

Sarah suspirou, baixando os ombros. "Você também não sabe o caminho?"

Ele meneou a cabeça outra vez, desculpando-se com um leve franzir do rosto.

"Fico me perguntando se alguém sabe mesmo como atravessar o Labirinto."

Sarah levou a mão ao queixo, pensando filosoficamente. Ele era uma gracinha de monstro, e provavelmente se mostraria mais confiável que aquele nanico covarde, mas ter um guia seria bastante útil. Bem, se ninguém a ajudaria, ela descobriria o que fazer sozinha.

A garota se levantou. Ludo a acompanhou, seu corpo enorme elevando-se muito acima dela. Ele pode não ser um guia, pensou Sarah, mas é bom tê-lo ao meu lado.

OUTRA PORTA SE ABRE

I X

Sarah começou a caminhar, passando pela árvore onde Ludo fora pendurado. O monstro a seguiu, encolhendo-se devido à dor em seu corpo todo mordiscado.

Atrás da árvore haviam surgido duas portas altas, instaladas em um muro de pedra que parecia fazer parte do tapume rústico de uma floresta. Em cada porta havia um batedor de ferro.

"Bem, olha só isso", comentou ela, feliz por ter uma companhia novamente. Era mais divertido do que falar sozinha.

Sarah e Ludo se aproximaram das portas e olharam os batedores mais de perto. Cada um deles tinha o formato de um rosto feioso com uma argola. O batedor à esquerda da garota trazia a argola encaixada dentro das orelhas. O da direita segurava a argola na boca.

Ela olhou de um para outro. Qual escolher? Sarah sempre achava difícil fazer escolhas. Se houvesse dois tipos de bolo em uma festa de aniversário, ela daria um jeito de comer um pedaço de cada, dentro de um intervalo decente, é claro, e torcendo para ninguém notar. Agora ela olhava ao redor da clareira, para ver se havia algum caminho que levasse para o outro lado daquele muro. Como não havia, ela examinou os batedores. "Bem, Ludo", perguntou ela, "qual dessas duas caras feias devemos escolher?"

"É falta de educação ficar encarando", disse o primeiro batedor, aquele com a argola encaixada nas orelhas.

Sarah deu um salto, assustada. Ela ainda não se havia acostumado ao fato de que coisas normalmente mudas podiam, no Labirinto, falar o que pensavam.

"Desculpe", disse ela, embora achasse que não podia ser censurada por supor que um batedor de porta não tivesse consciência para falar, menos ainda para dar opiniões tão francas a respeito de comportamentos sociais aceitáveis. "Eu só estava pensando que porta escolher, só isso."

"O quê?", perguntou o primeiro batedor.

Sarah estava prestes a responder que, de onde vinha, dizer "O quê?" era considerado tão rude quanto ficar encarando. Mas antes que pudesse abrir a boca, ela ouviu uma voz resmungando atrás de si.

Era o segundo batedor, que trazia a argola na boca. Ele disse algo como: "Mmm i bimm cã eze".

"Não fale com a boca cheia", disse o primeiro batedor, todo empertigado.

"Quum iste fããndi di bãc xei..."

Sarah se dirigiu ao segundo batedor: "Não estou entendendo o que você diz". Então, ela percebeu qual era o problema. "Ah", disse ela, "espere um pouco."

"O que foi isso?", indagou o primeiro batedor.

Sarah agarrou a argola na boca do segundo batedor e a puxou. Ela saiu facilmente. O rosto pareceu muitíssimo aliviado. Ele exercitava os músculos do queixo e em volta dos maxilares com evidente satisfação.

"É tão bom tirar essa coisa", suspirou ele.

"O que estava dizendo?", perguntou Sarah.

O primeiro batedor, atrás dela, disse: "Hein?".

O segundo batedor indicou o primeiro com um aceno de cabeça. "Eu disse que não adianta falar com ele. Ah, minha nossa, não. Ele é surdo como uma porta, aquele ali, é o que lhe digo."

O primeiro batedor disse: "Resmunga, resmunga, resmunga, é só o que você faz. Você é um ótimo parceiro de conversa, devo dizer".

"VOCÊ DEVIA FALAR!", gritou de volta o segundo batedor. "MAS TUDO O QUE FAZ É GEMER!"

"Não adianta", disse o primeiro batedor, com a voz casual. "Não consigo ouvir o que você diz."

Sarah olhou para o segundo batedor. "Para onde essas portas levam?", perguntou.

"O quê?", perguntou o primeiro batedor.

"Sei lá", respondeu o segundo. "Somos apenas batedores."

"Ah", exclamou Sarah, refletindo que deveria ter imaginado que não poderia esperar uma resposta simples.

Bem, ela teria de tentar uma porta ou a outra. A garota escolheu a segunda. Tendo conversado com seu batedor, ainda que só um pouco, achou que seria um tanto indelicado dar-lhe as costas e escolher sua vizinha. Por outro lado, talvez os batedores preferissem que suas portas não fossem abertas. Ela não podia simplesmente supor que os batedores quisessem que as pessoas fizessem uso deles. Cada *ou* tinha seu *ou*. Se ela avaliasse as implicações de cada alternativa, conseguiria acabar fazendo uma escolha? Quando uma porta se abre, outra também o faz.

Sarah já estava como que comprometida com a segunda porta a essa altura, tendo as mãos sobre ela, então seguiu em frente e a empurrou. Ela não se moveu. A garota empurrou com mais força. Depois, apoiou o ombro nela e tentou outra vez. A porta era tão sólida como o muro em que se encontrava. Sarah pensou em pedir ajuda a Ludo. Seu corpanzil gigantesco com certeza abriria a porta.

Mas ela não sabia se aquela era a porta correta a escolher, então, em vez de continuar tentando, fez outra pergunta: "Como eu entro?".

"Hein?", disse o primeiro batedor.

O segundo, com um sorriso traquinas, respondeu: "Bata, e a porta se abre".

"Ah." A garota olhou para a argola que segurava e fez menção de colocá-la de volta na boca do segundo batedor.

Ele fez uma careta. "Ah, não. Não quero essa coisa de novo na minha boca." O batedor fechou a boca, apertando os lábios com força, e recusou-se a abri-la mesmo quando Sarah pressionou a argola ali.

"Ora, vamos", disse Sarah, incentivando-o. "Quero bater."

Ele meneou a cabeça, teimoso.

"Hummm", comentou o primeiro batedor, rabugento como sempre. "Não quer a argola de volta na boca. Não posso dizer que o culpo."

"Então", disse Sarah, baixando a argola, "acho que vou ter de importunar você em vez dele." Ela foi até o primeiro batedor e segurou sua argola.

"Ei! Ai", protestou o primeiro batedor.

Sarah não lhe deu atenção. Ela bateu duas vezes na porta pesada, que se abriu.

Com cautela, a garota colocou a cabeça para dentro da porta para ver o que havia do outro lado. Ela ouviu risadinhas, pequenas explosões de riso reprimido, buzinas e gritos de alegria. Instintivamente, Sarah começou a rir consigo mesma, e avançou pela porta. Ela se virou, esperando que Ludo a seguisse. Ele permaneceu junto ao limiar, meneando a cabeça.

"Venha, Ludo."

Ele meneou a cabeça outra vez.

"Bem", pensou ela, "que mal pode haver em conferir aonde esta porta vai dar?" Ela voltaria para buscar Ludo caso visse o castelo.

Sarah estava em uma floresta ensolarada, com touceiras e encostas floridas, outeiros recobertos de margaridas, bosques e vales arborizados, árvores de sombra por toda parte. As gargalhadas eram contagiantes. Rindo baixinho, Sarah procurou com afinco pelas criaturas que estavam festejando toda aquela alegria. Mas tudo o que via eram as plantas da floresta. “Quem está aí?”, chamou ela, divertida.

Um resfolegar risonho se fez ouvir logo às costas da garota. Ela girou sobre os calcanhares e viu um galho de árvore movendo-se para cobrir um buraco em seu tronco, que bem poderia ser sua boca. “Foi a árvore”, declarou ela. “Árvore, não foi você?”

Isso disparou um tilintar de risadinhas aos pés de Sarah. Ela olhou para baixo e viu um punhado de jacintos estremecendo e sacolejando de tanto rir.

“Ora, vejam só!”, exclamou ela, caindo de joelhos e rindo baixinho com as flores. A essa altura, elas riam, descontroladas.

A árvore acima não pôde mais se conter, e explodiu num acesso de gargalhadas. Sarah jogou a cabeça para trás e acompanhou aquela alegria.

Foi a deixa para um acesso generalizado de risos. Um cepo ali perto ria com a voz retumbante e áspera. Em um galho, pássaros saltitavam e gargalhavam com estridência. Outra árvore balançava. Samambaias agitavam-se por toda parte, esquilos e camundongos espiavam de suas tocas, com lágrimas nos olhos.

Sarah não conseguia parar de rir. Tentando recuperar o fôlego, ela arfou: “De que estamos rindo?”.

“Não sei!”, trovejou a árvore acima dela. “Rá, rá, rá, rá, rá!”

A floresta inteira sacudia. Até mesmo a grama estremecia.

Sarah começou a se sentir tonta. Ela se sentou. “Ah... por favor... por favor, preciso parar.” Ela segurava os lados do corpo.

Em resposta, as gargalhadas à sua volta dobraram, chegando a um grau de estridência histérica.

"Nunca ri tanto na minha vida", ofegou Sarah, deitada de costas no chão.

Pássaros convulsionavam de tanto rir, caíam das árvores e batiam de cabeça no chão. A garota viu que os olhos deles pareciam desvairados, as pupilas não passavam de pontinhos minúsculos. Outras criaturas vieram gritando de sob as raízes das árvores e, ao se aproximarem, Sarah conseguiu colocar-se sentada, assustada com suas bocarras sinistras e seus olhos dementes.

Ainda rindo, ela gemeu: "Ah, por favor, por favor! Tenho de parar".

"Ela não consegue parar!", disse a árvore, rindo a valer, e a floresta inteira guinchou em resposta.

A garota ficou de pé. Seu corpo e sua boca tremiam incontrolavelmente, mas seus olhos pareciam extenuados. "Parem!", murmurou ela. "Parem!" Sarah cambaleou de volta rumo à porta aberta e desabou no chão.

Uma histeria aguda aplaudiu aquilo.

Ela ergueu a cabeça e conseguiu ver Ludo logo do lado de fora da porta. Então, ergueu a mão, pedindo ajuda. Ele parecia muito inquieto e não queria entrar, mas estendeu o braço na direção dela, e assentiu com a cabeçorra, incentivando-a. Com os olhos fixos no monstro, Sarah se arrastou pelos últimos poucos metros até que ele conseguiu curvar-se, erguê-la do chão, tirá-la dali e fechar a porta.

As gargalhadas silenciaram por completo. A brisa nas folhas do labirinto ali fora era o som mais agradável que ela já ouvira na vida.

Levou algum tempo para que a garota se recuperasse. Ludo a observava, apreensivo. Quando ela ficou de pé, fungou e abriu um leve sorriso, ele disse: "Ludo — feliz".

"Sarah — feliz", respondeu a garota, afagando a cabeça do monstro.

Não havia alternativa senão tentar a outra porta. Ela foi até lá e pegou a argola do chão.

"Desculpe", disse a garota, e empurrou a argola contra a boca do batedor, que resistiu, fechando-a com firmeza.

"Ora, vamos", insistiu ela, e tentou outra vez. O batedor fez uma careta e apertou ainda mais os lábios.

Então, Sarah teve uma ideia. Com o polegar e o indicador ela tapou o nariz do batedor. Ele aguentou por um tempo, contorcendo-se cada vez mais. No fim, porém, teve de abrir a boca para respirar. "Droga!", ofegou ele.

Sarah logo meteu a argola de volta na boca do batedor e bateu na porta.

Ele protestava. "Cgrmpf. Mbu. Mbu. Mbu. Grmfff."

"Desculpe", disse a garota. "Eu precisava fazer isso."

"Não tem problema", respondeu-lhe o primeiro batedor. "Ele está acostumado."

A porta se abriu e revelou uma floresta assustadora. Do lado de fora do muro estava ensolarado, mas, para além da porta, o cenário era lúgubre e sombrio.

Ludo rosnava e tentava recuar, mas Sarah não entraria sem ele desta vez. "Venha", disse ela, reunindo sua coragem. "Não temos outro caminho a seguir. A não ser voltar para onde estávamos, e não vou fazer isso."

Ela atravessou o limiar da porta e esperou que Ludo se reunisse a ela. Ele a seguiu, relutante. A porta se fechou sozinha, com um baque sonoro. O eco soou por um longo tempo.

Sarah estremeceu. O céu era da cor do ferro fundido, e as plantas da floresta pareciam murchas, como se nunca tivessem recebido a luz do sol desde seu primeiro dia na terra. Ela se sentiu terrivelmente desalentada depois de apenas um minuto naquele lugar, e procurou por Ludo para animá-la, mas a expressão do monstro era mais infeliz que a dela.

"Ora, vamos, Ludo", disse a garota, tentando parecer animada. "Imagine só, uma coisa grande como você com tanto medo."

Ludo meneou a cabeça. "Nada — bom."

Ela deu de ombros, o coração pesado, e então deu meia-volta outra vez e se perguntou por onde seguir. Um caminho se estendia à sua frente, levando para o interior da floresta, mas como alguém poderia supor que um caminho era o caminho que você queria seguir? "Não sei em que direção fica o castelo", disse ela. A garota olhou outra vez para Ludo, na esperança de que, sendo alto, ele fosse capaz de vê-lo, mas o monstro trazia a cabeça decididamente tombada sobre o peito e não prestava atenção ao que a amiga dizia. Ela tentou ficar nas pontas dos pés. Não adiantou.

As coisas não estavam nada bem. Sarah sentiu uma lágrima de desespero na borda de um dos olhos e a limpou, irritada. "Não há nada de que ter medo", disse, e sentiu que tinha de tomar alguma iniciativa, ao menos para persuadir Ludo a se animar.

Ela deu uma espiada no meio dos galhos de uma árvore. O que não viu, às suas costas, foi que a terra se abriu sob os pés de Ludo, formando um buraco enorme que engoliu o monstro. Ele não teve tempo de deixar escapar mais que a primeira vibração de um rugido antes de a terra se fechar novamente sobre sua cabeça.

"Talvez eu pudesse subir ali", ia dizendo Sarah. "Assim eu conseguiria ver o caminho até o castelo."

Ela agarrou o galho mais baixo e colocou o peso do corpo sobre ele. O galho quebrou em sua mão, com um estalar seco, como porcelana, e antes que ela pudesse se dar conta de que o galho estava morto, a árvore inteira desabou. À sua frente, a garota viu não uma pilha de madeira morta, mas de ossos. A coisa que ela segurava era um osso. Estremecendo, ela o jogou para longe. Um farfalhar seco começou a se espalhar ao redor e, em desespero, ela viu que a floresta inteira estava vindo abaixo, como uma série de esqueletos de dinossauro.

Uma após a outra, as árvores de ossos desabavam com estrépito no chão, cada qual derrubando a seguinte, como dominós, até que toda a paisagem foi reduzida a amontoados de ossos, todos misturados. E Sarah sabia que aquilo era sua culpa, a destruição daquele delicado equilíbrio. Ela havia quebrado o galho. Era demais para suportar. A garota explodiu em lágrimas e se deixou cair ao chão. Ela não conseguia fazer nada direito. Era tudo inútil. Totalmente inútil.

Sarah chorou muito, as mãos cobrindo o rosto. Por fim, decidiu ver se Ludo também estava chorando. "Ludo?" Ela olhou à sua volta. Ele não estava lá. Distraidamente, ela inspecionou os ossos no chão para ver se havia pelos castanho-alaranjados sobre eles.

"Ludo!" A garota começou a correr pelo local onde os dois estiveram, procurando, em pânico, por algum sinal do amigo. Ela não encontrou nada. No alto, o céu havia ficado ainda mais escuro e triste. "*Ludo!*", gritou ela, sentindo-se completamente sozinha naquela paisagem desolada de ossos. "Onde você está? O que está acontecendo?"

Sarah correu, tentando fugir, ir para qualquer lugar. Se permanecesse ali, ela mesma se transformaria em ossos. A garota correu por entre os amontoados de ossos e entrou em outra parte da floresta, igualmente sinistra. Enormes raízes nodosas estendiam-se pelo caminho. Os troncos das árvores eram como punhos cerrados. A terra estava coberta de galhos caídos e folhas mortas. Aqui e ali, um relance em meio às árvores indicava um caminho adiante, mas sempre que ela escolhia um, teias de aranha acabavam cobrindo seu rosto. Ela era atacada por nuvens de mariposas escuras que emergiam de tufos de samambaias. "O que está acontecendo?", choramingava enquanto corria.

A floresta ficava mais escura à medida que Sarah se embrenhava nela. A garota se deparou com uma clareira tão densamente coberta pelas copas das árvores que não conseguia ver os próprios pés na escuridão. Ainda assim, ela continuou correndo até que uma figura aterrorizante, selvagem e de cores berrantes saltou na sua frente.

"É!", guinchou a criatura. "O que está acontecendo?"

Sarah escancarou a boca, arregalou os olhos, e começou a gritar.

NÃO É PROBLEMA

X

Hoggle ainda perambulava por conta própria pelo labirinto de cercas vivas, cuidando da própria vida, e sobretudo remoendo que aquela garota havia roubado suas joias. Ele havia tentado agradar tanto a garota quanto Jareth, e é isso o que se ganha ao tentar agradar todo o mundo: ficar sem penduricalhos.

Quando Sarah gritou, ele a ouviu. O grito o fez parar ali mesmo onde estava, em seu caminho de volta ao início do Labirinto. Ele apurou os ouvidos, escutou um segundo grito, lutou com sua consciência rudimentar, tomou uma decisão e começou a correr na direção de onde vinha a voz da garota. Ele sabia como se locomover naquele lugar muito melhor que os duendes idiotas no castelo. “Estou indo, mocinha”, gritou.

O homenzinho fez uma curva a galope e trombou diretamente num par de joelhos.

Jareth vestia sua capa e parecia de uma beleza diabólica. “Ora, ora”, disse ele, em tom agradável, “se não é você.”

“Não sou eu”, disse Hoggle, trêmulo.

“E aonde *você* está indo, hein?”

“Ah...”, Hoggle fitava as botas de Jareth. “Ah...”, repetiu ele, com um tom de voz diferente, para prender a atenção de sua plateia. Então, passou um tempinho coçando o traseiro, sugerindo que não se pode esperar que uma pessoa responda a uma pergunta enquanto está sofrendo com uma coceira.

Com um sorriso nos lábios, Jareth parecia bastante satisfeito em esperar.

"Er..." Por fim, Hoggle arranjou uma desculpa. "A mocinha, ela fugiu de mim... er... mas acabei de ouvi-la agora..."

Os olhos de Jareth se estreitaram.

"Então eu... hum... bem, vou buscá-la e levá-la direto para o início. Como o senhor me disse." Ele desejou que o Rei dos Duendes o chutasse, atirasse lesmas nele, ou fizesse qualquer coisa, qualquer coisa, menos lhe dirigir aquele irritante sorriso de deleite.

"Entendo", assentiu Jareth. "Por um instante, pensei que você estivesse correndo para ajudá-la. Mas, não, você não faria isso. Não depois de meus avisos. Seria idiotice."

"Rá, rá", concordou Hoggle, com o coração nas mãos. "Ah, rá, rá, rá. Idiotice? Pode apostar que seria idiotice. *Eu?* Ajudar *a garota?* Depois de seus avisos?"

Jareth inclinou a cabeça com elegância a fim de examinar o cinto de Hoggle. "Ah, meu Deus", disse ele, parecendo preocupado, "pobre Hoghead!"

"Hoggle", rosnou o homenzinho.

"Acabei de notar que suas adoráveis joias desapareceram."

"Ah..." Hoggle baixou os olhos para seu cinto lamentavelmente desguarnecido das joias. "Ah, sim. Pois é. Minhas adoráveis joias. Desapareceram. Que coisa. É melhor encontrá-las, não? Mas, primeiro", prometeu ele, em um tom incrivelmente confiável, "vou buscar a mocinha e levá-la de volta ao início do Labirinto." Ele pensou em tentar dar uma piscadela, mas decidiu não fazer isso. "Como planejamos", acrescentou ele, e começou a afastar-se com ar obediente.

"Espere", disse-lhe Jareth.

Hoggle congelou. Ele fechou os olhos.

"Tenho um plano melhor, Hoggle. Dê isso a ela."

Com um ondular da mão esquerda, Jareth materializou uma bolha no ar. Em sua mão, ela se tornou uma bola de cristal. Ele esperou que Hoggle se virasse e arremessou a bola para o homenzinho. Hoggle a pegou. Ela já se havia transformado em um pêssego. Hoggle olhou para a fruta, confuso. "O que... o que é isto?"

"Um presente."

As sobrancelhas de Hoggle ergueram-se. "Isto... isto não vai machucar a mocinha, vai?", perguntou ele, devagar.

"Oh." Jareth levou a mão ao coração. "Ora, por que a preocupação?"

Hoggle franziu os lábios. "Apenas... curiosidade."

"Dê isso a ela, Hoggle. É só o que tem de fazer. E só o que tem de saber."

O homenzinho estava dividido entre a obediência temerosa, que lhe era familiar, e o afeto, coisa a que ainda não conseguia dar nome. "Eu..." E aprumou-se. "Não farei nada que a machuque." Ele concluiu que esse momento de rebeldia poderia lhe render uma caneca de tesourinhas nas calças, no mínimo.

Em vez disso, Jareth respondeu com aquele sorriso agradável que, àquela altura, era como caco de vidro nos nervos de Hoggle. "Ora, ora, ora, Hogbrain", riu-se o Rei dos Duendes, em tom de provocação. "Estou surpreso com você. Perdendo essa cabeça feiosa por uma *garota*."

"Não perdi a cabeça", esbravejou Hoggle, com uma carranca.

"Você não acha que uma garotinha poderia *gostar* de um patife repulsivo como você, não é?"

Hoggle ficou magoado. "Ela disse que éramos..." Ele se conteve após ter deixado escapar aquilo, mas era tarde demais.

Jareth lançou um sorriso enviesado, evasivo, ao homenzinho. "O quê? Amigos do peito? Foi isso? Amiguinhos? Vocês, amigos?"

Tomado de rubores, Hoggle encarava as botas do Rei dos Duendes outra vez, piscando sem parar. "Não importa", murmurou ele.

A voz de Jareth fez-se ouvir novamente, animada. "Dê isso a ela, Hoggle, ou vou jogar você direto no Pântano do Fedor Eterno antes que possa piscar."

Em triste obediência, Hoggle assentiu. "Sim."

Ele começara a se afastar depressa, supondo que a conversa havia terminado, quando ouviu a voz de Jareth outra vez. O homenzinho parou, rígido, sem ousar dar meia-volta.

"Vou lhe dizer uma coisa." Jareth olhava para trás, encarando Hoggle. "Se ela o beijar, vou transformá-lo num príncipe."

Hoggle sabia que aquilo era uma espécie de armadilha. "Vai mesmo?"

E era mesmo. "Príncipe da Terra do Fedor."

Jareth achou a piada fantástica; ainda ria quando desapareceu.

Hoggle permaneceu de pé ali, parado, fitando o pêssego em sua mão. Seu rosto trazia várias emoções ao mesmo tempo. Diversão não estava entre elas.

A criatura selvagem de cores berrantes que havia pulado diante de Sarah era um Foguento, e os Foguentos são *aloprados*. O tempo todo. E ficam ainda mais aloprados quando pensam em como são aloprados.

Ela gritou outra vez e recuou, com as mãos cruzadas na frente do corpo, afastando-se da criatura. O ser era algo parecido com uma raposa esquelética de cauda espessa e focinho longo, que se arreganhava muito. Seus pelos eram uma mistura de vermelho, rosa e púrpura. A criatura caminhava, ou antes saltava sobre duas patas como uma galinha, e a encarava com seus olhos azuis de pupilas vermelhas. Tinha dedos muito longos, que pareciam tamborilar eternamente.

"O que está acontecendo?", indagou.

A garota meneou a cabeça e abriu a boca para formular alguma resposta, mas tudo o que saiu dali foi um soluço.

"Agora, pare logo com isso, está ouvindo?", disse o Foguento.

"É", concordou outro, atrás dela, fazendo-a estremecer de susto. "Isso não vai adiantar de nada."

"Não, senhor!", berrou um terceiro, lançando-se das árvores e dirigindo um olhar lascivo e selvagem para a garota.

"Não, senhor." Surgiu um quarto.

E um quinto. "Ei!", disse ele a Sarah, com muita animação. "Agora, *venha*."

Muito alarmada, a garota encarou as criaturas. "O que vocês querem, afinal?"

"*Uhul!*", disse um, produzindo um ritmo rápido ao tamborilar os dedos sobre uma rocha.

"Uuuu!", exclamou outro, começando um ritmo cruzado.

"O quê, nós?", perguntou um terceiro.

Sarah assentiu.

"Ora, estamos só nos divertindo."

"Ah", disse Sarah, confusa. "Entendo."

Todos eles deram um tapa na lateral do corpo diante da resposta tímida da garota e soltaram gargalhadas maníacas. Um deles deixou escapar um berro de alegria e bateu com a mão em uma tora.

"Ela *entende*!", gargalhou a criatura.

"Éééééé!"

"*Ei, ei!*"

"Você não pode ficar por aí desse jeito", disse um deles à garota.

"Não", concordou outro. "Você precisa se soltar um pouco."

"Éééé. Pare de choramingar. Deixe tudo *se soltar*."

Eles saltitavam em volta dela, vaiando e batendo palmas. Uma das criaturas bateu o dedo no chão e ele pegou fogo, como um fósforo. O Foguento o utilizou para acender uma fogueira, então apagou o fogo do dedo despreocupadamente.

Sarah ainda recuava, temerosa.

"Ah, *sim*. Você precisa é ficar um pouco à toa."

"Sim, senhor!"

Um Foguento saltou por sobre um par de cepos e começou a usá-los como tambores. Os demais deram início a uma dança animada, estalando e tamborilando os dedos enquanto giraram em redor da garota.

De pé, perto da fogueira, Sarah os observava, boquiaberta. Ela não teria conseguido fugir mesmo que quisesse, com as criaturas ali cabriolando à sua volta, mas, em todo caso, ela tinha os pés como que fincados no chão diante daquela dança burlesca.

A garota ficou horrorizada ao ver um dos Foguentos arrancar os olhos, sacudi-los como se fossem dados, e lançá-los ao chão. "É", festejaram os outros, reunindo-se em torno para observar. "Jogada dos olhos de serpente!" Então, o dono dos olhos os recolheu, atirou-os no ar como amendoins e pegou-os com as órbitas. Os demais vibraram, dançaram e aplaudiram.

Como que para superar o primeiro, outro Foguento separou a cabeça dos ombros e a arremessou no ar. Os demais a chutaram e cabecearam, como uma bola de futebol. Um terceiro Foguento arrancou a perna e, com uma tacada delicada atirou a cabeça de volta a seu corpo. Todos gargalharam a valer, estapeando a coxa. Aquele que tocava tambores foi à loucura.

Enquanto isso, os outros se reuniram ao redor de Sarah e tentavam convencê-la a participar da dança. Depois de ver seus passatempos malucos, ela estava desconfiada e nervosa. Mas achou que havia percebido qual era a deles — meros lunáticos descontrolados em busca de diversão — e já não sentia medo, nem mesmo quando um deles tentou tirar a cabeça da garota dos ombros.

"Ei!", protestou ela. "Ai!"

"Não sai!", exclamou o Foguento.

"*O quê?*" Os demais ficaram estarrecidos e se amontoaram em volta na tentativa de decapitar a garota.

"Ei!", disse ela, com mais firmeza. "Parem com isso!"

"Você tem razão! Está grudada!"

"É claro que está *grudada*", tornou ela.

"Aonde você vai com uma cabeça desse jeito, moça?"

"Bem, eu... ah!" O desespero diante da enrascada em que se metera tomou conta de Sarah outra vez, e ela começou a soluçar. A garota sentia terrivelmente a falta de Ludo, e de Hoggle também.

"Ei! E agora, o que foi, mocinha?"

Sarah soluçou. "Ah! Estou tentando chegar ao castelo de Jareth, no centro do Labirinto..."

"Minha nossa!"

"Tem *certeza* que sabe o que está fazendo, moça?"

"Sim", disse Sarah, resoluta.

"Bem, que legal! Olhem *só*!"

O tocador de tambor gritou: "Ela *sabe* o que está fazendo", e produziu um pequeno solo de percussão com os cepos.

"É", disseram os outros, rindo e dançando.

"Mas só me restam poucas horas", contou-lhes Sarah. Ela se perguntava quantas.

Os Foguentos assobiavam e abriam largos sorrisos uns para os outros.

"Bem, isso *não* é problema."

Sarah ergueu os olhos cheios de lágrimas para as criaturas, e neles cintilava um brilho de esperança. "Não é?"

"Ora, broto! Não!"

"Vamos levar você até lá."

"É", guinchou outro, frenético, acenando com os dedos sobre a cabeça. "Que tal nós seguirmos *com você* por um tempo, hein?"

O restante dos Foguentos cabriolou em um frenesi de animação, fazendo algazarra e berrando.

"Um castelo, oh, uau!"

"Bem", acrescentou Sarah, insegura, "é muita gentileza de vocês, mas..."

"Você acha que somos *aloprados demais*?" A cabeça do Foguento ergueu-se dos ombros enquanto ele falava, e ele teve de agarrá-la e pressioná-la de volta no lugar.

O tocador de tambores produziu um enorme ribombar. "Ora, *broto*. Não somos *tão* aloprados."

"Ah, somos, sim", gritou outro. "Ei!" Ele reorganizou o corpo na forma de um avestruz, correu dois passos, e explodiu. Enquanto reunia as partes do corpo novamente, os demais uivavam de rir e aplaudiam.

"Legal, cara!"

"Agora, veja, mocinha, você não pode ficar andando sozinha por este lugar."

Sarah fungou, triste. "Bem, eu tinha um amigo que..."

"Ei! Um camarada que vestia roupas, certo?"

"Hoggle?"

"Esse Hoggle, é! Ah, uau! Todo o mundo por aqui conhece Hoggle."

"É mesmo?", perguntou Sarah.

"É claro. Hog e eu, somos assim, ó." E o Foguento esfregou os dedos.

"Ah. Bem..."

Antes que pudesse dizer mais alguma coisa, Sarah percebeu que estava sendo conduzida pelos Foguentos. Tudo o que ela conseguia ver à frente deles era um deserto de rochas.

"Agora, o castelo fica logo além, seguindo por este caminho", assegurou um deles.

"Tem certeza de que vocês *sabem* como chegar ao centro do Labirinto?", perguntou ela, apreensiva. O pouco tempo da garota era precioso demais para ser desperdiçado e ela pensou que preferiria encontrar o caminho sozinha. Mas não havia como fugir dos Foguentos, que agarravam suas roupas com os dedos longos e saltitavam, entusiasmados, ao seu lado.

"Se *sabemos* como chegar ao centro do Labirinto!"

Todos eles explodiram em gargalhadas. Suas cabeças saíram voando pelos ares, e eles tiveram de destacar os braços para agarrá-las.

"Ora, moça!", guinchou um deles. "Podemos ser *aloprados*, mas com certeza sabemos para onde estamos indo."

"Éééé", concordaram os demais.

"Você quer ir ao castelo? Vamos *levar* você ao castelo. Não é justamente o que estamos fazendo?"

"Éééééééé!"

"Então, vem com a gente, mocinha, e você não vai ter problema *nenhum*."

Do castelo, Jareth observava Sarah. Em sua bola de cristal, ele via o rosto aflito da garota enquanto ela olhava em volta, tentando encontrar uma maneira de fugir.

Ele ergueu Toby diante da imagem da irmã. "Veja, Sarah", murmurou o Rei dos Duendes. "É isto que você está tentando encontrar?"

Toby encarou o rosto de Sarah no cristal e estendeu a mão para tocá-lo.

Jareth riu baixinho consigo mesmo e envolveu Toby nos braços. "Tanto trabalho por uma coisinha tão pequena", disse Jareth, meneando a cabeça. Ele olhou para o rosto confuso de Toby. "Mas não por muito tempo. Logo ela vai se esquecer completamente de você, meu amiguinho. Assim que Hoggle der meu presente a ela. Ela vai se esquecer — de tudo."

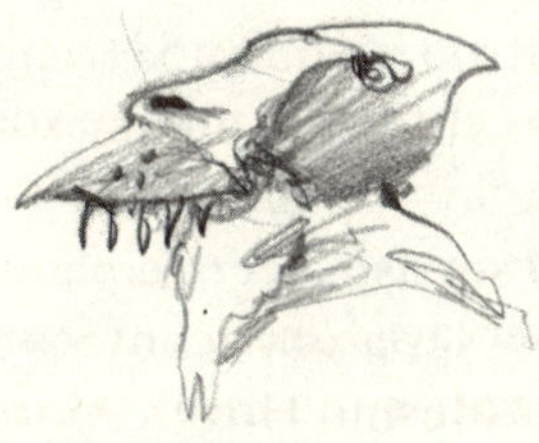

JANELAS NO DESERTO

XI

Os Foguentos arrastavam Sarah pelo caminho como se ela fosse uma mula relutante. E ela com certeza relutava. A garota não via o castelo em lugar algum e, quando perguntava se ainda estavam muito longe, as criaturas respondiam com berros e gargalhadas. O relógio continuava a avançar rumo às treze horas. Então talvez ela fosse de fato uma mula por ter se metido naquela encrenca.

Sarah tentava descobrir em que ponto devia ter feito uma escolha diferente. Era impossível. Digamos que não tivesse ido falar com Hoggle, logo no início, mas tivesse seguido na direção contrária, ao redor da muralha. Será que não estaria, a esta altura, de volta à casa, com Toby a salvo em seu berço? Talvez. Como ela saberia? Que provas tinha ela de que qualquer uma de suas escolhas fora a correta? Se é que *havia* escolhas corretas; se é que aquilo tudo não passava de uma armadilha cruel por meio da qual Jareth a atormentava com a ilusão de que Toby poderia ser resgatado.

Ela piscou para afastar as lágrimas que subiam aos olhos. Sarah não começaria com aquilo outra vez. Se não tivesse agido como um bebê chorão, talvez aquelas criaturas com quem estava agora a tivessem deixado seguir sozinha.

A garota se concentrou no que poderiam ser indícios, ainda que frágeis, de que ela fizera algumas coisas direito. Sua breve amizade com Ludo — pobre Ludo — não podia ser insignificante, não é? O sorriso alegre e pateta que ele lhe dera quando ela o salvou — seria um acontecimento gratuito em uma história sem fim? Mesmo Hoggle, por mais falhas de caráter que tivesse, havia inadvertidamente ajudado a garota a descobrir que era capaz de fazer mais coisas do que imaginava possível. O simples fato de ter chegado tão longe, apesar de todas as armadilhas horríveis que Jareth lhe havia preparado, não era por certo algum tipo de prova a seu favor?

Talvez. Mas isso não faria diferença nenhuma a menos que conseguisse encontrar Toby a tempo e salvá-lo de ser transformado em um duende. Ela tinha de se desvencilhar daquele bando, que estava só matando o tempo — seu tempo.

"Ei! Não é o castelo lá adiante?", gritou um.

"Nããão", disse outro. "É só uma pedra."

"E *aquilo*? Aquilo é um castelo?"

"Nããão, é só o toco de uma árvore velha."

"Bem", esganiçou-se um terceiro, "e *aquilo* ali? Aquilo tem de ser um castelo." Ele apontava para uma lagoa.

"Claro que não", disse o mais inteligente. "Um castelo tem janelas e tudo o mais."

Uma enguia ergueu a cabeça acima da superfície da lagoa e olhou para o grupo. O efeito foi como se eles tivessem encontrado petróleo.

"*É* um castelo."

"Droga", admitiu o mais inteligente. "Bem, o que você acha? Devemos ter chegado."

"É, éééééé."

"Ei!"

"Uau — *viva*!"

Sarah olhou com frieza para os saltos e a gritaria das criaturas. "Aquilo não é o castelo", declarou ela.

"Tem janelas. Aquela enguia deve ter olhado para fora *de algum lugar*."

"Bem", respondeu Sarah, "não é o castelo que preciso encontrar. Por favor, me deixem ir embora."

"Ei, vocês", guinchou a enguia. "Que estão fazendo?"

"A gente só está se divertindo."

Eles cabriolavam, dando tapas na coxa.

"Ei, enguia. Você é um *castelo*?"

"Não, não sou", trinou a enguia, com aspereza. "Agora, deem o fora."

"Ei, enguia. Então, por que você tem janelas?"

"Para dizer a todos *vocês* que deem o fora daqui", respondeu a enguia, desaparecendo com desenvoltura e um baque na água.

"Sensacional!" Os Foguentos ficavam inexplicavelmente encantados com tudo o que acontecia. Contratempo ou sucesso, não fazia diferença.

"Por favor", disse Sarah, "quero ir embora."

"Não está se divertindo?"

"Estou, sim", mentiu ela, por educação. "Mas eu preciso chegar ao castelo."

"A gente *quase* o encontrou para você."

"Tinha janelas! Bem, uma, de qualquer forma."

"Queremos ajudar você."

"É! Porque gostamos de você."

Sarah suspirou. "Mas vocês também não têm a menor ideia de onde fica o castelo."

"Temos sim!"

"Não têm, não."

"Fica logo depois deste morro aqui."

"É, diga para ela."

"Vamos! O que estamos esperando?"

Dançando e tagarelando, continuaram arrastando Sarah pelo deserto, até que eles mesmos começaram a parecer exaustos e um pouco desanimados. A garota, por sua vez, sentia o corpo esmorecer e estava cada vez mais irritada.

"Esses castelos são mesmo difíceis de encontrar."

"Talvez seja um castelo pequeno", sugeriu outro.

"Ah, sim. Bem pensado." Ao que todos eles começaram a erguer pequenas pedras e espiar embaixo delas.

"Não", disse-lhes Sarah, cansada. "Castelos são grandes."

"Talvez esteja no alto do morro", disse um Foguento a outro. "Dê uma olhada, veja se consegue ver o *castelo* de lá de cima." Ele apontou para um abeto.

"Com certeza!", respondeu o outro.

Ele arrancou a cabeça e correu, quicando-a. Quando chegou à árvore, a criatura arremessou a cabeça diretamente nos galhos mais altos.

"Consegue ver o castelo?"

"Sim", respondeu a cabeça no alto da árvore. "Consigo ver o *castelo*!"

"Como ele é?", perguntou Sarah, desconfiada.

"Bem, parece um... er... parece um... *parece um hipopótamo*!"

"Uau!"

"Isso sim é um castelo."

"Somos o máximo. Vamos lá!"

"Esperem por mim", gritou a cabeça, enquanto o corpo subia às pressas na árvore para pegá-la.

"Vou voltar", anunciou Sarah.

"Moça! Você o *ouviu* dizer que está vendo o castelo."

"Um castelo grande!"

"Que parece um hipopótamo... moça."

Eles gritavam e dançavam tão freneticamente que a garota pensou que talvez conseguisse escapulir deles sem ser notada. Ela caminhava devagar, deixando-os avançar todos à sua frente. Então, deu meia-volta e seguiu sem fazer barulho de volta na direção de onde haviam vindo. É claro que eles estavam novamente a seu lado em um instante, e o grupo continuou a caminhar penosamente pelo deserto.

A intenção de Sarah era voltar ao local de onde haviam partido, mas então percebeu a futilidade daquilo, pois não saberia para onde ir em seguida. Ela se perguntava por que tomar alguma atitude. Não faria diferença se seguisse por este ou aquele caminho, ou se permanecesse parada, ou se começasse a chorar. Talvez apenas se divertir fosse o melhor que qualquer um pudesse esperar.

Ela meneou a cabeça e parou. Qualquer que fosse a resposta, tudo aquilo era irrelevante agora. Sarah não conseguiria fazer nada até se desvencilhar dos Foguentos. Enquanto eles dançavam, alegres, à sua volta, ela olhou para o deserto em busca de uma ideia. Qualquer ideia.

A garota viu, ao longe, a um lado do grupo, uma escarpa coberta de árvores. Ela sabia o que precisava fazer.

Sarah voltou-se para os Foguentos e disse: "Esperem um minuto. Nenhum de vocês sabe onde fica o castelo. Vocês nem sequer sabem o que é um castelo".

"Só porque somos *aloprados* não significa que não saibamos o que é um castelo."

"Não somos idiotas, somos só *aloprados*."

"É, *aloprados*", concordaram todos entusiasticamente.

Ela aguardou.

Como havia imaginado, um deles mostrou o quanto era aloprado agarrando a própria cabeça e atirando-a no ar. Quando a cabeça caiu, Sarah a agarrou e arremessou o mais longe que pôde.

"Ei. Aquela é a cabeça *dele*, moça."

Duas outras cabeças haviam saltado para ver onde a primeira tinha ido parar. Sarah as agarrou também e as jogou em direções diferentes.

"Aquela é a *minha* cabeça!", protestou uma das cabeças enquanto disparava pelo ar.

Começou um pandemônio.

"Ei, *espere* um pouco."

"Moça, que está *fazendo*?"

"Você arremessou a cabeça *deles*!"

"É, você só pode atirar sua *própria* cabeça, certo?"

Enquanto corpos perseguiam suas cabeças, agarrando as erradas e as atirando por aí, Sarah saiu correndo em disparada, conseguindo chegar à escarpa.

"Alguém pare a garota!"

"Temos de arrancar *sua* cabeça agora."

"É, temos de ficar jogando sua cabeça *por aí*."

"Você não pode ir embora agora."

"Vou arrancar a cabeça dela."

"Ei, mocinha!"

"Ei, você aí, volte."

"Temos de *ajudar* você."

"Vamos lá, pessoal!"

Eles a perseguiram e diminuíram a distância, mas a vantagem inicial da garota garantiu que ela chegasse à escarpa antes que as criaturas a alcançassem. Deslizando por entre as árvores, mais à frente, ela viu uma fenda na superfície de uma rocha alta e entrou correndo nela. A garota viu-se então em uma passagem que seguia, como um labirinto, pelo interior da rocha. Enquanto avançava em disparada, ela ouvia o eco das vozes dos Foguentos mais atrás. Sarah pensou que estivesse livre deles.

"Ei, moça, você quer tirar sua cabeça, não quer?"

"É claro que ela quer!"

"É muito divertido."

Sarah continuou correndo, sem dar atenção aos ecos, até que a passagem alcançou um beco sem saída. Ela olhou a superfície da pedra, que subia como uma muralha à sua frente, recoberta de musgo e líquens, e percebeu que não havia onde se segurar para escalá-la. No alto, a muralha tinha endentações, como as ameias de uma antiga fortaleza.

A garota ouviu o bando fazendo a última curva às suas costas. Não havia como fugir deles.

"Lá está ela!"

"Ei, moça, encontramos outro castelo!"

"Igual a uma lancheira!"

"Não, igual a uma carriola!"

"*Iupi!*"

"Espere, moça!"

Sarah fechou os olhos.

Alguma coisa fez cócegas em seu nariz. Ela os abriu e viu uma corda. Então, jogou a cabeça para trás e olhou para cima. Debruçado sobre o parapeito, lá no alto, ela viu um rosto. O rosto de Hoggle.

"Segure!", gritou ele.

Ela agarrou a corda. Hoggle a puxou. Os Foguentos mergulharam na direção dela. Foi por um triz que não a alcançaram. Eles pulavam, tentando pegar os pés da garota. Ela sentiu dedos resvalarem seus sapatos.

"Ei, você não quer ficar parecida com a gente?"

"Vamos lá, arranque sua cabeça!"

"Arranquem a cabeça dela!"

"Peguem um serrote."

"Não vai doer."

Hoggle continuou puxando. Cabeças começaram a voar ao lado de Sarah.

"Ora, desça, moça."

"Vamos — a gente deixa você brincar se tirar seu braço."

"Que tal uma perna?"

"Uma orelha! Tire apenas uma orelha, moça. Você não *precisa* de duas."

Uma após a outra, as cabeças elevavam-se ao lado de Sarah, queixavam-se, e caíam.

"Queremos *ajudar* você."

"Você não está se *divertindo* com a gente?"

"É! Desça aqui e mostre do que é capaz."

"Deixe a brincadeira rolar, mocinha."

"Ora, vamos lá, é divertido. Vamos procurar *outra* coisa."

Hoggle a puxara até o topo. Ele a ajudou a passar por cima das ameias e afastava as cabeças voadoras com a mão, como se fossem moscas incômodas. "Xô!", ele as expulsava. "Vão embora."

Sarah olhava em redor, rindo de alívio. Eles estavam no alto de um torreão. Para ambos os lados, a plataforma de pedra da Grande Muralha Duende se estendia a perder de vista, elevando-se e abaixando-se, fazendo curvas, toda endentada, e com torreões a intervalos regulares.

Ela virou para encarar o homenzinho. "Hoggle!", disse afetuosamente.

Ele a ignorou, continuando a enxotar com as mãos as últimas poucas cabeças tristonhas que se erguiam acima das ameias. "Desçam!", rosnava ele. "Andem, deem o fora."

Quando as cabeças pararam de surgir, ele teve de se virar e encarar Sarah, que ainda o olhava com um sorriso radiante no rosto. Hoggle dirigiu a ela o olhar rabugento de sempre, mas isso não foi capaz de acabrunhar a profunda e afetuosa gratidão que a garota sentia. Ele mantinha os olhos voltados para baixo, talvez verificando seus penduricalhos, que Sarah trazia amarrados ao próprio cinto. Do cinto dele pendia uma bolsinha que carregava o pêssego que Jareth lhe dera.

Sarah estendeu os braços. "Você voltou para me ajudar. Obrigada, Hoggle." Ela o agarrou e inclinou-se sobre o rosto do homenzinho.

"Não!", queixou-se ele, tentando afastá-la como a uma das cabeças voadoras. "Não! Não me *beije*!"

Mas ela já o havia beijado. O chão tremeu debaixo dos pés da dupla.

NENHUM PÁSSARO CANTA

XII

As pedras do piso sobre o qual estavam Sarah e Hoggle se abriram como um alçapão e eles caíram em uma canaleta escura. Os dois escorregaram por ela, impotentes.

Chegar até ali havia exigido de Sarah persistência para encontrar seu caminho pelas passagens que se entrecruzavam e para solucionar paradoxos. Aquilo não era nada, teria dito Hoggle, se não estivesse escorregando canaleta abaixo, de costas, sacudindo os braços e as pernas no ar como um tatuzinho desvairado. Jareth era o Rei do Castelo e não toleraria demonstrações de emotividade ali, nenhum gesto de amizade ou sentimentalismo. Com seu beijo, Sarah havia selado a promessa sinistra que Jareth fizera a Hoggle — de que o anão se tornaria "Príncipe da Terra do Fedor".

Cada ser no reino de Jareth era uma ilha. Se se fazia alguma coisa por alguém, nunca era por bondade, mas antes por um ato calculado, um investimento que renderia uma porcentagem a ser exigida no futuro. O verbo "doar" era considerado obsceno, e rabiscado em paredes de banheiro. O verbo "amar" não significava nada além de desejo. Você ficava de pé sobre os próprios pés e, se pudesse apoiar-se sobre os pés de outra pessoa ao mesmo tempo para alcançar mais alto na árvore de frutas, estaria agindo direito, o que era melhor que ser bondoso. A quantidade de inveja que você pudesse despertar nos outros era a medida de seu sucesso. Todos no castelo invejavam Jareth. Todas as perguntas do Rei dos Duendes eram respondidas. E ele manteria as coisas assim.

Eles deslizaram pela canaleta até chegarem a uma espécie de abertura de ventilação, por onde saíram rolando sobre uma saliência estreita que ficava mais ou menos na metade da altura da gigantesca face interior da Grande Muralha Duende. Hoggle saiu primeiro, rolando de lado até a beira da saliência. Sarah, que chegou logo depois dele, por sorte firmou os pés no chão. Lançada para frente sobre as mãos e os joelhos, ela conseguiu agarrar a mão de Hoggle bem em tempo de não deixá-lo despencar.

Balançando vertiginosamente sobre o declive perpendicular, Hoggle soltou um grito agudo, mas logo parou. Uma emoção mais poderosa que o medo atuava sobre ele, em especial sobre seu nariz bulboso, que o homenzinho começou a torcer. Então, ele fechou os olhos e exclamou, com a boca contraída: "Eca!".

A reação de Sarah foi semelhante. Apesar de estar perigosamente parada em um lugar muito alto e precário, toda a sua atenção se concentrava em seu olfato. Ela nunca havia sentido um cheiro como aquele antes; nada jamais a havia feito imaginar que um fedor como aquele pudesse ser gerado no universo.

"Arrrrggggh!", gemeu Hoggle. "Blé!"

"O que é *isso*?", perguntou Sarah, angustiada.

Hoggle ergueu os olhos para Sarah com uma expressão extenuada no rosto. "É...", ofegou ele. "É... o... Pântano... do...", ele engoliu em seco, "do Fedor Eterno."

Ela se lembrou da ameaça que Jareth fizera a Hoggle naquela passagem horrorosa, e da informação que o homenzinho lhe dera, mais tarde, de que se uma única gota da lama espirrasse em você, nada poderia lavá-la, e o fedor nunca sairia. Quando ouviu a explicação, a garota não o levou a sério. Mas agora levava.

"Eca!", gemeu ela. "Nunca senti um cheiro assim... Parece... parece... argghhh!"

"Não importa com o que *parece*", disse-lhe Hoggle, com aspereza. "É o Pântano do Fedor Eterno." E com a voz fraca, para que não tivesse de respirar muito profundamente, ele acrescentou: "Socorro!".

Sarah se lembrou de que estava segurando Hoggle suspenso ali. Endireitando os joelhos, ela conseguiu puxá-lo para seu lado, tal como ele a havia puxado com a corda, pouco tempo antes.

Muito abaixo deles, aos pés da muralha, havia um imenso brejo, de um tom cáqui-escuro. Por toda a sua superfície, bolhas de ar fétido, tendo forçado sua passagem pelo lodo viscoso, rompiam-se em suaves explosões. Quando explodiam, elas lançavam pequenos borrifos de sujeira, formando um anel à sua volta, e levava alguns minutos para que as gotas fossem reabsorvidas no lodo.

O barulho era tão nojento que não se podia descrever. O substantivo *borborigmo*, tão raramente usado, é inadequado. Outros analistas foram levados a cunhar o termo *visceral*, após perceberem que *viscoso* e *mucilaginoso* não evocavam em seus leitores nada com o grau apropriado de repugnância.

Se, porém, é quase impossível descrever o barulho, que esperança pode haver de encontrarmos, em qualquer dicionário, um adjetivo para o cheiro? Um escritor abordou o problema desta forma: "Se você resgatar a lembrança dos três piores fedores que já o incomodaram, leitor de narinas sensíveis, imaginá-los elevados à sétima potência, em seguida, intensamente concentrados em uma pequena mas curiosamente poderosa bomba de ar, mantida a dois centímetros e meio de seu rosto e movida por uma ventoinha, você talvez não tenha conseguido chegar ao final desta frase devido às lágrimas que traz nos olhos, tamanha é a hediondez de tal odor".

A saliência em que Sarah e Hoggle estavam era estreita, mas o caminho que ela oferecia, para os dois lados, ao longo da muralha, era ainda mais estreito. E não era só isso. Sarah percebeu que muitas pedras da saliência não eram seguras, pois apenas se equilibravam umas nas outras, desgastada que estava a argamassa. Se pensar em dar dez passos ali já era assustador, imagine seguir pela muralha o quanto fosse necessário até encontrar alguma saída. A garota não conseguia ver o fim da muralha nem de um lado, nem de outro. Era muito provável que ela sequer tivesse fim, mas só trouxesse de volta àquele ponto. Não que se pudesse ter a menor esperança de chegar tão longe antes que ela ruísse debaixo de seus pés. Mesmo enquanto Sarah e Hoggle permaneciam ali, considerando que caminho tomar, algumas pequenas pedras se soltaram sob seus pés e desceram cascateando até cair no brejo lá embaixo.

Hoggle não parecia nada grato por ter sido salvo por Sarah. Ele a olhava com uma expressão furiosa no rosto. "Por que teve de fazer aquilo?"

"O quê? Salvar você?" A garota estava desorientada.

"Não. Você me *beijou*."

Ela o encarou. "Não finja ser tão durão. Você voltou para me ajudar. Não negue. Você *é* meu amigo."

Ele encheu as bochechas de ar e bufou. "Não voltei. E não sou. Eu só vim pegar minhas coisas de volta, as coisas que você roubou de mim." Ele levou a mão ao pêssego. "E para... er... para lhe dar... ah, lhe dar..."

"Dar o quê?"

Hoggle jogou o próprio peso sobre o outro pé, nervoso. Foi o suficiente. A pedra em que estava cedeu e caiu. Outras pedras ali, sustentadas pela primeira, também rolaram. Então, o trecho inteiro da saliência ruiu e Hoggle despencou com ele, agarrando-se em vão a um fragmento de rocha que se soltou em sua mão.

Sarah tentou agarrá-lo, mas era tarde demais. Perdendo o equilíbrio, ela cambaleou por um instante sobre uma pedra frouxa e, então, despencou atrás do amigo.

Ela caiu sobre alguma coisa que parecia uma almofada grande e peluda. Era Ludo.

Hoggle, tendo rolado pelas costas de Ludo, agora estava preso debaixo do corpanzil do monstro, e berrava, aterrorizado.

Sarah ofegou. "Ludo!"

Ludo jogou a cabeça para trás e uivou:

"F-E-E-D-O-O-O-R-R!"

Ele estava acocorado em um pequeno baixio ao lado do brejo, o qual não podia ser visto da altura em que ficava a saliência na muralha. A menos de um metro de distância, o fedor do pântano pútrido era três vezes pior.

Sarah cobriu o rosto com as mãos. "Aahh! Ecaa!"

Hoggle se esforçava para sair debaixo de Ludo. "Socorro!", gritou ele, apesar da quantidade de ar fétido que teria de inspirar para gritar. "Me tirem daqui!"

Sarah não conseguia ver onde Hoggle estava preso. Pensando que o homenzinho estivesse apenas com medo, ela o reconfortou: "Está tudo bem, Hoggle. Este é Ludo. Ele é amigo, também".

"F-E-E-D-O-O-O-R-R!", gemeu Ludo.

A garota descobriu que ajudaria se tampasse bem o nariz com a mão e usasse apenas o canto da boca para respirar e falar. "Pode me colocar no chão, Ludo", disse ela, agradecida.

Ele obedeceu com cuidado e gentileza surpreendentes para um corpo tão grande.

Então, Sarah viu a situação de Hoggle e disse: "Ludo, deixe ele ficar de pé. É o Hoggle".

Arrastando-se para longe do monstro, Hoggle logo retomou seu tom mal-humorado. "Como assim, ele é seu amigo? *Eu sou* seu amigo."

"Vocês *dois* são meus amigos", disse Sarah. "Preciso de vocês."

"Não tanto quanto eu preciso de mim", tornou Hoggle, estremecendo diante do lago de lodo fedorento.

"Você não tem jeito", murmurou Sarah pelo canto da boca.

"Ah, tenho jeito, sim. Tenho tanto jeito quanto você. Aliás, tenho mais jeito, para dizer a verdade."

Sarah deu de ombros e se voltou para Ludo, querendo saber como ele havia chegado ali depois da floresta de ossos. Mas Ludo estivera observando o lugar enquanto os outros dois discutiam por picuinhas, e agora apontava.

Eles olharam e viram uma ponte rústica que se estendia de um ponto logo mais à frente, no baixio em que se encontravam, cruzava um gargalo estreito do brejo, onde algumas árvores de aparência doentia cresciam no lodo, e terminava na margem oposta. Para além da ponte havia uma floresta.

Mais floresta. Sarah meneou a cabeça, resignada. Bem, quaisquer que fossem os perigos ou paradoxos que aquela floresta abrigasse, ela oferecia mais chances de continuarem seguindo rumo ao castelo do que tinham deste lado do pântano, com o imenso penhasco e a Grande Muralha Duende às suas costas, e o brejo alguns centímetros à frente, borbulhando e fermentando. "Vamos", disse a garota, tomando a dianteira. "Vamos atravessar depressa."

Os três seguiram pelo baixio estreito. As pedras e os seixos sob seus pés estavam soltos, e um passo em falso poderia fazê-los escorregar para dentro do atoleiro repugnante.

Com Sarah à frente, eles se aproximaram da ponte. Os paus de que era feita tinham praticamente a mesma cor do pântano, como se estivessem impregnados dele. O ar mesmo parecia tingido pelo fedor, carregado dele.

A ponte apoiava-se sobre píeres de pedra. Eles estavam a poucos passos do píer mais próximo quando um serzinho beligerante saiu correndo da parte de trás da estrutura e os confrontou.

"Parem!", disse ele, com ar de autoridade, como se não houvesse mais nada que precisasse ser dito.

Ele tinha uma aparência cavalheiresca: vestia um gibão elegante, cortado ao estilo militar, e um casquete com uma pluma. Seus bigodes eram brancos e longos, à maneira aristocrática, e suas pernas, apesar de finas, mantinham-se separadas e firmes. Uma cauda espessa se projetava dignamente da parte de trás do gibão. Na mão direita ele trazia um cetro. No todo, ele dava a impressão de ser alguém que, embora pequenino, estava acostumado a comandar e ser obedecido.

Sarah, limitando-se a essa altura a fechar o nariz e segurar a manga da camisa sobre a boca para impedir a entrada do fedor penetrante, balbuciou: "Ah, por favor! Temos de atravessar...".

"Sem minha permissão ninguém há de atravessar."

"Quem é você?", perguntou Sarah.

Ele fez uma mesura súbita, inclinando-se a partir da cintura. "Senhor Dídimo é meu nome, donzela."

"Por favor, Senhor Dídimo", implorou Sarah. "Tenho pouco tempo."

Hoggle concordou, assentindo com veemência. "Temos de sair deste fedor."

"Feedooorr", gemeu Ludo, franzindo o rosto de forma tão expressiva que seus olhos desapareceram debaixo das sobrancelhas e os cantos da boca chegaram às bordas de sua mandíbula.

"Fedor?", disse o Senhor Dídimo. "De que estais falando?"

"Do cheiro ruim!" Sarah tirou a mão da boca para indicar o ar.

O Senhor Dídimo deu várias fungadas, avaliando o cheiro em suas narinas, e meneou a cabeça, confuso. "Não sinto cheiro nenhum."

"Você está brincando", disse-lhe Hoggle.

Educadamente, o Senhor Dídimo colocou-se a meditar sobre o problema do grupo. Mantendo-se aprumado, ele enchia as narinas com grandes lufadas de ar. Então, meneou a cabeça outra vez. "Eu vivo de meu faro. E, no entanto, não consigo sentir cheiro nenhum."

Os outros, nauseados e perplexos, encaravam o pequeno cavaleiro enquanto ele continuava a inspirar profundamente.

"O ar está doce e agradável", proclamou, e, agarrando o cetro, acrescentou: "E ninguém pode passar sem minha permissão".

Ludo jogou a cabeça para trás e soltou um lamento.

"F-E-E-D-O-O-O-R-R R-U-I-I-M-M!"

"Saia do caminho!", Hoggle vociferou, e tentou passar correndo pelo guardião e atravessar a ponte.

O Senhor Dídimo ergueu o cetro e bloqueou a passagem. "Eu te advirto. Jurei cumprir meu dever."

Hoggle entrou em desespero. Ele baixou a cabeça e investiu contra o guardião. Mas o Senhor Dídimo, movimentando os pés com agilidade, impediu-o, segurando a ponta do cetro de forma intimidadora contra o peito de Hoggle.

Ludo, confuso diante daquilo tudo, sentiu-se impelido a agir quando viu ameaçado alguém a quem Sarah chamava "amigo". Ele avançou com seu corpanzil até o Senhor Dídimo e, apontando para Hoggle, declarou, em tom de censura: "Amigo".

"Então, eu te atacarei também." Com bravura impetuosa, o Senhor Dídimo lançou-se contra Ludo, brandindo o cetro em uma estonteante série de golpes. Ludo foi forçado a recuar.

Hoggle aproveitou a oportunidade que surgiu de passar desabalado às costas do Senhor Dídimo e correr até a ponte, mas o destemido defensor da verdadeira fé estava pronto para ele. De um salto ele voltou a sua posição, o cetro apontado para Hoggle.

Enquanto o homenzinho parava com um berro e se afastava com passos cuidadosos, o Senhor Dídimo distendia as orgulhosas narinas e inspirava profundamente. Agradava-lhe o ar fresco, mas, sobretudo, ele estava desfrutando o exercício. Não eram muitos os viajantes que passavam por ali, e menos ainda eram os que estavam preparados para testar suas habilidades de cavaleiro, tentando atravessar a ponte à força. Na verdade, ninguém jamais havia tentado fazer isso antes.

O Senhor Dídimo havia praticado seus golpes de cetro, preparando-se para este momento. Agora que ele chegara, era um regalo delicioso. Seu sangue vibrava e seus tendões retesavam enquanto ele encenava o código de coragem cavalheiresca, apesar de todos os pesares. Aquilo era a vida. Era para aquilo que ele havia nascido, e o que jurara solenissimamente defender. Ele teria alegremente lutado para repelir uma centena de Hoggles e mil Ludos, caso um exército tal marchasse até ali e tentasse atravessar sua ponte. O cavaleiro desejava, com devotamento, que uma horda dessas aparecesse, adequadamente armada para o combate. Como poderia um cavaleiro provar seu valor, a não ser que fosse testado?

Sarah avançou. Em um tom de voz sensato, ela pediu: "Ah, veja, nos deixe atravessar sua ponte, sim?".

O Senhor Dídimo respondeu-lhe com o cetro, lançando-se para frente com um joelho dobrado e brandindo a arma várias vezes diante da garota, movimentando seu punho com agilidade. Sarah recuou.

Isso era mais do que Ludo suportaria ver. Com um forte rugido de raiva, ele foi para cima do Senhor Dídimo. O pequeno cavaleiro respondeu vigorosamente, com investidas e estocadas. Movimentos ágeis dos pés o levaram com um bailado para fora do alcance dos poderosos socos de Ludo. O Senhor Dídimo usava habilmente o terreno, saltando para cima do parapeito do píer e descendo dele, movendo-se, veloz, bem na beira do pântano. Ludo, por sua vez, não era dotado de sutileza, mas sua fúria e a força de seu corpanzil fizeram com que ficasse arrastando os pés no encalço de seu adversário, ignorando as contusões que sofria. Se Ludo tivesse acertado um único golpe, teria sido suficiente para derrubar o Senhor Dídimo diretamente no pântano.

Enquanto a luta se desenrolava, Hoggle aproveitou com astúcia sua oportunidade de sair correndo e atravessar a ponte. Sarah observou-o com tristeza. Ele só estava preocupado consigo mesmo outra vez. Era verdade que havia pouco que ele, ou ela, pudesse fazer para ajudar Ludo, mas a garota tinha a forte impressão de que eles deviam ao monstro seu apoio moral.

Desprenderam-se pedaços da ponte enquanto Hoggle corria sobre ela. A estrutura inteira tremia e rangia.

Ao menos Hoggle teve a decência de parar quando chegou à outra margem, assistindo ao restante da batalha épica. Sarah havia imaginado que ele desapareceria floresta adentro. Talvez ela estivesse vencendo a briga com a insensibilidade de Hoggle a críticas. Aos poucos, ela estava chegando a seu coração.

A batalha em curso ainda estava acirrada. Tampando o nariz, Sarah incentivava Ludo, mas não havia sinais de vitória para nenhum dos lados. O Senhor Dídimo brandiu o cetro; Ludo o agarrou e girou. Mas, longe de ser desarmado, o Senhor Dídimo continuou segurando firme o cetro e foi erguido no ar, as pernas distribuindo chutes. Ludo acabou soltando o cetro, e o Senhor Dídimo caiu com um baque no chão. Ele prontamente se levantou e retomou o ataque, como o ricochetear de uma bola de borracha, dando pancadas nas pernas peludas de Ludo.

Surpreso com a ferocidade do minúsculo tirano, Ludo se afastou por um instante, e o Senhor Dídimo aproveitou a oportunidade para mergulhar entre as pernas de seu oponente, subir por sua cauda, como se estivesse atacando uma ameia, e começar a golpear a parte de trás da cabeça de Ludo. Com um movimento do pescoço, Ludo arremessou o Senhor Dídimo por cima da cabeça, e então deu uma espiada à direita e à esquerda, procurando seu valente adversário, que se agarrava às suíças do monstro e balançava debaixo de seu queixo. Ludo sentiu uma coceira ali e ergueu a mão para coçá-la, ao que o Senhor Dídimo cravou os dentes em seu dedo. Soltando um uivo, Ludo sacudiu a mão, fazendo o Senhor Dídimo sair voando até atingir o penhasco. Em um instante o cavaleiro estava de volta, frenético com a chance que aquilo tudo lhe estava proporcionando de enfim provar sua bravura.

Ludo havia encontrado uma tora com a qual golpeava agora o Senhor Dídimo, mas era como tentar acertar uma mosca com um porrete. Tudo o que conseguiu foi abrir buracos no baixio. O Senhor Dídimo se escondeu debaixo das raízes expostas de uma árvore esquálida. Ludo avançou e desceu a tora ali com tanta força que arrebentou as raízes, e a árvore tombou.

Por um instante, tudo ficou imóvel. Ludo estava pasmo. Ele havia matado o pequeno cavaleiro. O monstro suspirou, sentindo-se arrasado, mas o Senhor Dídimo disparou para fora de um buraco no tronco da árvore.

Àquela altura, ambos estavam exaustos. As pernas do Senhor Dídimo estavam cansadas demais para se arriscarem a chegar perto o bastante de Ludo e feri-lo. Ludo não conseguia dar um golpe rápido o suficiente para acertar o Senhor Dídimo.

Por fim, foi o pequenino cavaleiro que voltou saltitando para sua posição sobre a ponte, ergueu o cetro, sem medo e irrepreensível, e arfou: "Já chega! Lutaste como um verdadeiro e bravo cavaleiro".

Grato, Ludo aceitou a trégua. Ele se sentou sobre as ancas, arfando, e após recuperar o fôlego, o usou para berrar: "F-E-E-D-O-O-O-R-R!".

O Senhor Dídimo o olhava com admiração. "Antes deste dia", disse ele, "eu nunca havia encontrado páreo para mim em combate." E abriu um sorriso pesaroso para Sarah. "No entanto, esse nobre cavaleiro lutou comigo até eu não poder continuar, quase."

Toda a preocupação de Sarah era com Ludo. "Você está bem?", perguntou ao monstro, com carinho. "Ludo?"

Ludo ainda se recuperava. "Ahhh..."

O Senhor Dídimo marchou, cansado, mas ainda cheio de elegância, para se colocar diante de seu páreo em combate. "Senhor Ludo, se esse é teu nome", declarou ele. "A ti entrego meu cetro." E ele o estendeu ao monstro.

Ludo deu uma olhada no cetro, sem muito interesse. Ele se preparava para soltar outra queixa sobre o fedor, na esperança de que alguém pudesse fazer algo a respeito. O monstro abriu a boca.

No entanto, o Senhor Dídimo continuou seu discurso: "Sejamos irmãos daqui para frente, e lutemos juntos pelo que é justo".

A boca de Ludo permaneceu aberta, mas ele adiou a queixa. O monstro abaixou o rosto radiante para olhar o Senhor Dídimo. "Ludo — tem — irmão?"

O pequeno oficial, com a espessa cauda erguida, adiantou-se para dar um tapinha no ombro de seu irmão de armas, e só o conseguiu porque Ludo estava quase debruçado no chão. "Salve, Senhor Ludo."

"Ludo — senhor?"

Sarah pensou que logo morreria se tivesse de continuar respirando aquele ar fétido. Ela estava tentando simplesmente não respirar. Vendo que os dois nobres cavaleiros haviam aparentemente chegado a um acordo satisfatório, ela disse: "Bem, então, vamos".

Ela avançou para a ponte, mas o Senhor Dídimo chegou lá antes dela e bloqueou seu caminho. "Espera!", gritou ele. "Esqueces meu voto sagrado, donzela. Não posso deixar-vos passar."

Não era possível. Sarah pensou que seria capaz de pegar o sujeitinho e atirá-lo bem longe, no pântano. Mas ele havia erguido o cetro outra vez e o apontava para ela. "Ah..." A garota deixou escapar uma bufada de frustração através do nariz tampado. "Você disse que Ludo era seu irmão. E, claro, neste caso..."

O Senhor Dídimo respondeu com um menear firme da cabeça. "Fiz um juramento. Devo defendê-lo até à morte."

"FEDOOR!", gritou Ludo.

Sarah fechou os olhos e pensou por um instante. "Tudo bem", disse ela, "vamos agir com lógica. O que exatamente você jurou?"

O Senhor Dídimo ergueu o cetro bem acima da cabeça e encarou-o com devoção. "Com meu sangue jurei que ninguém passará por aqui sem minha permissão."

Sarah assentiu. "Ah", disse ela, ponderando sobre a questão. "Então", pediu, lentamente, "você nos dá sua permissão?"

À pergunta seguiu-se total silêncio. O Senhor Dídimo pareceu atônito. Ele tentou avaliar a questão por um lado, depois pelo outro. Em seguida, ele a virou de cabeça para baixo e do avesso, afastou-se dela e voltou para vê-la sob outro ângulo. Não importa o que fizesse, não conseguia ver nenhum problema no que Sarah havia sugerido. Por fim, deu de ombros, aprumou-se, encarou Sarah, depois Ludo, e de novo Sarah, e pronunciou sua ponderada conclusão. "Sim."

"Ótimo", disse Sarah, tentando não respirar profundamente demais de alívio. "Podemos ir?" Ela apontou para a ponte, às costas do Senhor Dídimo. Do outro lado, ela podia ver Hoggle, que ainda aguardava.

O Senhor Dídimo fez uma mesura cavalheiresca e indicou a ponte à garota com um floreio da mão. "Donzela."

"Bem, obrigada, nobre senhor", respondeu Sarah, e começou a atravessar a frágil ponte.

UMA MORDIDA

XIII

No instante em que Sarah colocou os pés na ponte, a estrutura inteira rangeu e cedeu alguns centímetros. Ela recuou de um salto.

"Não temas, doce donzela", reconfortou-a o Senhor Dídimo. "Esta ponte existe há mil anos."

Sarah lançou um olhar desconfiado para a ponte. "Só espero que dure mais cinco minutos." Ela colocou os pés na estrutura outra vez e a sentiu balançar. Cautelosamente, com a mão estendida para que Ludo a agarrasse se necessário, ela colocou todo o seu peso sobre a ponte. A estrutura cedeu mais um pouco, com um barulho igual ao de uma dobradiça muito ressecada. Dois fragmentos se desprenderam, com uma baforada de pó, e caíram no pântano borbulhante.

Tendo uma das mãos no corrimão frouxo e a outra estendida, como alguém que anda numa corda bamba, Sarah avançava, um passo após o outro. Ouviam-se rangidos e estalos a cada movimento que ela fazia. Às suas costas, ela ouviu um barulho surdo de algo caindo no lodo. Uma pedra do píer, que se soltara com o peso da garota, havia caído. Ela sentiu a tábua sob seus pés ceder mais alguns centímetros. A única coisa que a obrigava a seguir em frente era a certeza de não ter alternativa.

O Senhor Dídimo, ao contrário, não demonstrava receio algum. Na verdade, ele já não pensava na ponte. Seu cérebro estava radiante com a perspectiva de enfim se submeter ao teste supremo do código cavalheiresco — uma busca. Ele não tinha a menor ideia de qual era o propósito daquelas pessoas, mas estava claro que deviam ter algum, diante do sentimento de urgência que seus olhos treinados haviam detectado na donzela. Além disso, era um propósito de tão grande importância que seus áulicos estavam dispostos a, desarmados, travar combate com um guerreiro como ele a fim de alcançá-lo. Ele sentia arrepios na pele e seus olhos faiscavam quando se voltou para Ludo e disse: "Visto que és meu irmão, seguirei contigo, qualquer que seja tua busca. Vai em frente!". Com uma leve mesura e um floreio de mão, ele convidou Ludo a seguir Sarah na travessia da ponte.

Ludo meneou a cabeça. "Ludo — espera."

E no instante mesmo em que Ludo lançou um olhar desconfiado para a ponte, outro grande pedaço de alvenaria se soltou do píer e rolou para dentro do pântano. De repente, a ponte vergou e balançou. Sarah agarrou-se ao corrimão com as duas mãos. Outras pedras e pedaços de argamassa se desprendiam do píer. A garota estava presa ali, à própria sorte, no meio da ponte instável, prestes a afundar. Ela olhou em torno, apavorada, e, vendo que a estrutura inteira estava ruindo, começou a correr em direção à outra margem.

Mas era tarde demais. Com um rangido agudo de algo se rompendo, as tábuas apodrecidas desabaram debaixo de seus pés. O lodo repugnante borbulhava e começava a engolir as laterais das tábuas à sua frente. Sarah saltou para se segurar a um galho que pendia de uma árvore desfolhada de aparência doentia, ao lado da ponte, e conseguiu se agarrar a ele com as duas mãos. Balançando-se ali, olhando para baixo, para a crosta de espuma que borbulhava sob seus pés e para os escombros da ponte que flutuavam no pântano, ela gemeu ao pensar em cair ali e ficar suja e fedorenta para sempre. A cada oscilação do corpo ela ouvia o galho se soltando do tronco. "Socorro!", gritava ela, lastimosa. "Ludo! Hoggle! Senhor Dídimo! Socorro! Façam alguma coisa!"

O Senhor Dídimo estava paralisado. Sua ponte havia sido erradicada da paisagem. Levou um instante para ele se acostumar à nova vista, e um pouco mais para aceitar que o papel que sempre desempenhara com tamanha devoção havia perdido o sentido. Então, ele lembrou que acabara de se comprometer com a busca daquelas pessoas.

"Não temas, bela donzela", gritou ele para Sarah. "Haverei de salvá-la." Ele olhou em volta, às tontas, em busca dos meios de fazê-lo. "De alguma forma", exclamou novamente, encorajando-a.

Sarah, os pés balançando, ouvindo o galho se partir, balbuciava: "Socorro!".

O Senhor Dídimo estendeu o cetro na direção de Sarah. Isso cobriu cerca de um trigésimo da distância entre eles. "Aqui!", gritou.

Hoggle, na outra margem, apenas fechava os olhos.

Ludo se sentou sobre as ancas, jogou a cabeça para trás, abriu a enorme boca e rugiu dez vezes mais alto do que o fizera quando os duendes o atormentavam.

O Senhor Dídimo ficou boquiaberto com aquele barulho inacreditável. "Pelas meias dos santos!", exclamou ele. "Posso crer em meus ouvidos?"

Sarah sentiu que o galho começava a ceder e gritou, mas ninguém conseguiu ouvi-la acima do rugido ensurdecedor de Ludo.

O Senhor Dídimo estava chocado. "Senhor Ludo, meu irmão!", disse ele, em tom de censura. "És o bravo cavaleiro com quem lutei ainda agora? Como podes te sentar e não fazer nada além de rugir quando aquela donzela necessita de nossa grande coragem para ajudá-la?"

"ROOOOOOAAAARRRR!", continuava Ludo.

A essa altura, os pés de Sarah agitavam-se apenas poucos centímetros acima do lodo de cor cáqui. Ela ergueu os joelhos para adiar o terrível momento do contato, mas podia sentir que as últimas fibras do galho já se rasgavam.

Do outro lado do pântano ouviu-se um barulho estrondoso, que ficava cada vez mais alto à medida que se aproximava. Uma rocha imensa vinha rolando sozinha pelo chão. Hoggle, ouvindo o barulho às suas costas, teve de sair do caminho de um salto. O pedregulho passou por ele, deslizou suavemente para dentro do pântano e parou, despontando acima da superfície, diretamente debaixo dos pés de Sarah. Ao chegar ali, o galho se rompeu. Sarah caiu sobre a rocha seca, encolhendo-se, desamparada. Ela ficou ali, soluçando de alívio, mas quase asfixiada pelo fedor a poucos centímetros do nariz.

O rugido de Ludo não havia sido um inútil brado de desânimo. Há não muito tempo, as pedras da terra o haviam salvado, quando a mira de Sarah mostrou-se tão exata ao acertar os elmos dos duendes que atormentavam o monstro. Agora, ele as convocava novamente.

O Senhor Dídimo estava pasmo. Ele virava a cabeça de um lado a outro, olhando do pedregulho para Ludo e de volta ao pedregulho, incapaz de decidir qual elemento do milagre era mais digno de sua atenção, causa ou efeito, o irmão ou a rocha.

Ludo, porém, não havia terminado. Ele ainda jogava a cabeça para trás e continuava a rugir. Desta vez, responderam rochas que ficavam embaixo do lodo. Uma a uma, elas emergiram à superfície, livrando-se do lodo como se fosse clara de ovo. Elas se postaram lado a lado até terem criado um elevado perfeitamente plano que se estendia da rocha em que Sarah estava até cada uma das margens do pântano.

Sarah se levantou. Ela fitou Ludo e meneou a cabeça, admirada. Então, sorriu, mandou-lhe um beijo de agradecimento e correu pelo elevado até a outra margem, onde Hoggle estendia a mão para ajudá-la a passar ao solo seco.

"Oh!", murmurou o Senhor Dídimo, em um tom baixo e cheio de respeito, e lançou um olhar fervoroso àquele poderosíssimo cavaleiro, a fina flor da cavalaria, seu irmão. Em um quase sussurro, ele perguntou: "Então podes convocar as próprias pedras, Senhor Ludo?".

"Pedras — amigas." Ludo se pôs de pé e disparou, alegre, pelo elevado que criara a fim de reunir-se à garota.

"Senhor Ludo!", chamou o Senhor Dídimo. "Espere por mim." Ele não queria perder aquele nobre companheiro. O cavaleiro olhou em volta e rosnou: "Ambrósio! Meu nobre corcel!".

De trás de uma árvore, um peludo cão pastor inglês apontou cautelosamente o focinho para fora. Quando viu que era seguro, trotou, obediente, até seu dono, ofegante de expectativa.

Sarah, aguardando do outro lado do pântano, não acreditou ao ver Ambrósio. Ele era como que um gêmeo idêntico de Merlin (que, pensou ela, tristonha, provavelmente ainda estaria confinado na garagem). "Esse é seu corcel?", dirigiu-se ela ao Senhor Dídimo.

"Certamente que é", tornou o Senhor Dídimo, enquanto montava no cachorro. "E cavaleiro nenhum tem corcel melhor — rápido e confiável em batalha, leal e obediente em tempos de paz, ele é uma montaria impecável. Menos quando vê um gato." Ele apertou as costelas de Ambrósio com os calcanhares e ordenou: "Avante".

Trotando, Ambrósio atravessou o elevado, levando o dono sobre as costas. Chegando à outra margem, o Senhor Dídimo desmontou e conduziu seu corcel, caminhando ao lado de Sarah e Ludo. O valente cavaleiro estava ansioso para ouvir quais seriam os perigos da busca de seus amigos, mas conteve a impaciência, como o perfeito cavalheiro que era.

Sarah olhou em torno, à procura de Hoggle. O anão ainda se demorava às margens do pântano. Seria possível que ele começava a *gostar* dali? "Venha, Hoggle", chamou Sarah.

Hoggle hesitava, em um dilema todo seu. Sua mão estava dentro da bolsinha que pendia de seu cinto, tateando o pêssego.

Se ele desse a fruta a Sarah, estaria traindo seu próprio coração. Se não a desse, seria lançado de cabeça para baixo dentro do Pântano do Fedor.

Ele retirou o pêssego da bolsinha e segurou-o sobre o pântano. O homenzinho ainda não havia tomado sua decisão, mas achava que seria prudente estar preparado para agir de imediato assim que se decidisse, para não ter tempo de mudar de ideia. O pêssego poderia até mesmo escorregar acidentalmente de seus dedos, livrando-o assim da responsabilidade de fazer uma escolha.

Hoggle ainda segurava o pêssego sobre a espuma fétida quando ouviu uma voz no ar acima de sua cabeça, a qual disse: "Eu não faria isso se fosse você".

O anão ficou tão assustado que quase derrubou o pêssego. Mas seus dedos o seguraram com mais força. Ele fechou os olhos, angustiado. Jareth, onde quer que estivesse, o observava. "Por favor", sussurrou Hoggle, "não posso dar isso a ela."

Ele sentiu os pés deslizando rumo à beira do pântano.

"Não!", guinchou Hoggle. "Não! Tudo *bem*!"

Ele colocou o pêssego de volta na bolsinha e caminhou, desolado, na direção dos outros.

O Senhor Dídimo estava aflito com a demora. Quando viu que Hoggle enfim os seguia, decidiu que a expedição precisava de uma liderança mais enérgica. E era ele quem deveria assumi-la, desde que os outros lhe dissessem para onde queriam que ele os conduzisse. O cavaleiro montou em Ambrósio outra vez e avançou floresta adentro, à frente dos amigos, pois era óbvio que eles tinham uma aversão inexplicável ao pântano. Ludo e Sarah seguiam em seu encalço. Hoggle vinha um pouco mais atrás.

Por algum tempo, eles prosseguiram em silêncio. O Senhor Dídimo franzia o rosto e sugava os dentes, refletindo sobre as agruras e os perigos através dos quais ele e o Senhor Ludo, seu lendário irmão, teriam de conduzir os companheiros. Contudo, pensou o cavaleiro, esporeando Ambrósio, assim é e assim deve ser sempre na vida de um cavaleiro. Se és medroso ou se te dissuades facilmente, então que teu joelho jamais se curve para receber a espada da honra sobre teu ombro covarde.

Ludo, caminhando atrás do Senhor Dídimo, pensava em como era bom respirar ar puro novamente, e em como estava faminto.

Sarah compartilhava dos pensamentos do monstro, mas se preocupava sobretudo com o que poderia estar acontecendo a Toby, e com quanto ainda restaria das treze horas que Jareth lhe havia concedido.

Hoggle pensava na escolha que não havia feito e no que, em consequência, teria de fazer a Sarah agora. Se ela descobrisse, considerou, não poderia culpá-lo, poderia? Será que *ela* gostaria de ser pendurada *de cabeça para baixo* no Pântano? Não, isso é tudo culpa de Jareth. Estou apenas obedecendo a uma ordem que não posso me recusar a obedecer.

Como Sarah percebeu que não sabia para onde o Senhor Dídimo os estava levando, ela perguntou ao cavaleiro.

"Para onde o exija tua busca", respondeu ele, que nunca se sentira tão feliz.

"Você sabe como chegar ao castelo?"

"A qualquer castelo que me digas, bela e gentil donzela. O Castelo da Perseverança? O Castelo de Tintagel? O Castelo..."

"O castelo de Jareth."

"Ah. Na Cidade dos Duendes", assentiu o Senhor Dídimo. Ele estava esperando por uma busca que levasse sete anos para ser empreendida, mas não demonstrou sua decepção. Talvez isso fosse apenas uma prova e dela resultasse algo mais duradouro. "Ambrósio conhece bem esta floresta", disse ele. "Chegaremos à cidade muito antes do nascer do dia de amanhã." Ele sacudiu bruscamente as rédeas de Ambrósio e eles seguiram trotando adiante, com determinação.

Amanhã, pensava Sarah, apreensiva. Amanhã será tarde demais para salvar Toby, considerando que o sol leva vinte e quatro horas, ou talvez vinte e seis, para dar uma volta ali. Ela olhou para o céu através dos galhos das árvores da floresta e viu que já estava anoitecendo. O sol poente iluminava faixas de nuvens rosa e âmbar. "Isso vai levar quantas horas?", perguntou ela.

O Senhor Dídimo deu de ombros. "Não sei as horas, doce donzela. Um cavaleiro deve necessariamente mensurar sua vida por intervalos de sete anos."

"Oh." Sarah olhou para Ludo, mas tinha certeza de que ele não haveria de saber nada sobre relógios.

Ludo viu o olhar que a garota lhe lançou. "Fome", disse ele, tristonho.

"Não podemos parar", disse-lhe Sarah, "mas talvez possamos achar algumas frutinhas ou algo assim."

Ela procurou Hoggle com o olhar. Talvez ele tivesse alguma noção de tempo.

Hoggle a viu olhar para trás, procurando-o, e esperar que ele os alcançasse, e soube que o momento havia chegado. Ele se obrigou a modificar seu comportamento, abriu logo um sorriso vazio, passou a caminhar com passos alegres e pavoneou-se até a garota, o bom e velho Hoggle, amigo de confiança. "Mocinha", disse ele, radiante, e estendeu a mão.

Nela Sarah viu um saborosíssimo pêssego, tão carnudo, maduro e tentadoramente suculento que parecia brilhar. Ela se deu conta de que Ludo não era o único com fome ali. Ah, Hoggle, que gentil! Ele deve tê-los ouvido falar de comida.

A garota estendeu a mão para o pêssego, que parecia tão grande e delicioso que poderia render uma bocada a cada um deles. "Hoggle", disse ela, grata, "você salvou minha vida."

Ela se perguntou se deveria ser educada e oferecer aos outros o primeiro pedaço, mas a fruta já estava em sua mão, e Hoggle parecia tão contente por ter lhe dado o pêssego que ela concluiu que devia dar uma mordida. Ela o levou aos lábios, depois o afastou novamente para dar outra olhada. O aroma era maravilhoso.

Hoggle, os punhos cerrados, olhou de relance para Ludo e para o Senhor Dídimo e viu que eles não haviam parado, e seguiam a certa distância. Aquilo era inusitado.

Sarah encarava o pêssego quase com remorso. Era uma pena estragar uma coisa tão linda. Mas era para isso que servia, não é? Um pêssego se fazia lindo apenas para que alguém o comesse. Mas se fosse assim, era inteligente ser repulsivo, e talvez as cascavéis um dia viessem a dominar o mundo. Seria isso o que tinham em mente?

Ela mordeu o pêssego.

O som da mordida fez Hoggle estremecer. Ele queria cobrir as orelhas com as mãos.

O rosto de Sarah parecia enfeitiçado. "Que gosto... estranho." Ela olhou para o pêssego e percebeu que seus olhos não conseguiam focalizá-lo. A garota começou a vacilar. Sentindo que poderia desmaiar, ela deu um passo na direção de Hoggle, para se apoiar. Sarah tropeçou. Ela esfregava a testa com uma das mãos enquanto estendia o outro braço, tentando enxergar direito o pêssego. Então, ela compreendeu. Devagar, fitou Hoggle. Ele era uma forma embaçada, tremeluzente. "Hoggle", disse ela, baixinho, "o que você fez?"

Com a voz estrangulada, Hoggle gritou: "Maldito seja você, Jareth! E maldito seja eu, também!". Voltando as costas para Sarah, ele correu desabalado floresta adentro.

Sarah agora cambaleava. Ela conseguiu alcançar uma árvore e se apoiar nela. A garota já havia esquecido Hoggle, Ludo, o Senhor Dídimo e Toby, bem como onde estava e por quê. Todos os seus pensamentos estavam em Jareth, e seus olhos fitavam o céu.

"Tudo está dançando", murmurou ela.

EMBALADOS PELA MÚSICA

XIV

Jareth mantinha quatro bolas de cristal perto do rosto. Ele fitava uma a uma, observando a luminosidade. Parecia que estava escolhendo entre elas. O Rei dos Duendes pegou uma e a ondulou no ar com um movimento do pulso. Ela começou a se afastar, flutuando, e se transformou em uma bolha. Em seguida, atravessou a janela aberta ao lado da qual Jareth se postava, e seguiu pelo céu que escurecia. As outras três a seguiram, uma a uma, bolhas de uma beleza fria flutuando pelo poente, girando e reluzindo, globos hipnóticos cintilando na luz morrediça.

Sarah ainda se apoiava frouxamente na árvore, tonta demais para se mover, quando as quatro bolhas se aproximaram dela, no céu. A garota as fitou, hipnotizada, observando enquanto as esferas estonteantes flutuavam em sua direção, descendo devagar. Elas dançavam na luminosidade e Sarah começou a ouvir uma música, uma melodia dolorosa e comovente, solene como uma pavana. A garota estava encantada. Seus lábios se entreabriram, tamanho era seu fascínio. As bolhas estavam próximas o bastante agora para que ela visse, dentro da primeira, a dançarina de sua caixinha de música, fazendo piruetas. Em cada uma das outras três bolhas havia uma dançarina, movimentando-se em sinuosa elegância.

O corpo de Sarah oscilava hipnoticamente ao compasso da música. Ela era a música e a dança. Então, viu-se dentro de uma bolha, dançando, em um vestido de baile. Encantada e encantadora, ela dançava lentamente pelo céu na companhia das demais dançarinas.

Um conjunto de muitas bolhas cruzou o céu noturno, cada qual encerrando um dançarino em seu interior. Elas se aproximavam de uma grande bolha, como que atraídas por alguma força magnética. Dentro da grande bolha havia um magnífico salão de baile. Jareth já estava dançando ali.

O Senhor Dídimo e Ludo haviam chegado à borda da floresta e agora viam, para além do solo rachado de uma planície seca e desolada, os muros distantes do castelo.

O cavaleiro fez um carinho em Ambrósio, que havia encontrado o caminho. "Bom trabalho, ó leal corcel", disse ele ao cão, e virou um pouco a cabeça para falar, com um toque de presunção na voz, a quem vinha mais atrás: "Lá está o castelo, minha donzela".

Como não ouviu resposta, ele deu meia-volta para ver onde Sarah estava. Ludo também se virou, um rosnado de desconfiança na garganta. Juntos eles olharam para a trilha que os levara até ali.

Sarah havia desaparecido.

"Donzela?", gritava o Senhor Dídimo. "Donzela?"

Acima deles, uma bolha passou flutuando, seguindo na direção do castelo.

O salão de baile conhecera a opulência no passado. Entre cornijas cintilantes pendiam muitos longos candelabros dos quais a cera das velas, gotejando por uma centena de anos, havia formado estalactites. O revestimento de seda das paredes estava desbotado e, em alguns lugares, puído de tão gasto.

Bolhas decoravam o salão, que estava, ele mesmo, encerrado no interior da película iridescente de uma grande bolha. Havia um alto relógio dourado de treze horas a um canto. Ele marcava quase doze horas.

Sarah observava a dança, e os dançarinos a observavam atrás de suas máscaras. Os homens ostentavam camisas de seda abertas até a cintura e justas calças curtas de veludo. Alguns deles usavam chapéus de abas largas, com plumas. Outros tinham capas curtas ou traziam cetros na mão. Os vestidos das mulheres deixavam seus ombros à mostra e tinham decotes profundos entre os seios. Seus cabelos estavam arranjados em penteados altos e muitas delas usavam longas luvas.

Os dançarinos se moviam em um círculo em redor do salão com uma espécie de esplendor letárgico, como se o baile já durasse a noite toda. Homens que não estavam dançando recostavam-se, indolentes, nas colunas, ou se sentavam em um espaço rebaixado no centro do salão, revestido de almofadas, na companhia de mulheres. Criadas e lacaios, cujas peles eram da cor do pergaminho velho, serviam bandejas de frutas aos convidados e, com licoreiras, tornavam a encher suas taças. E os dançarinos permaneciam sempre a observar através do buraco dos olhos de suas máscaras cruéis de meio rosto, das quais se projetavam bicos e floresciam chifres. Movendo-se juntos ou elegantemente reclinados, eles observavam Sarah, ou observavam uns aos outros, e abaixo das máscaras suas bocas sorriam entre si como lâminas.

O vestido de Sarah era de um tom prateado, da cor da madrepérola, com mangas curtas bufantes. Ela usava um colar de pérolas e seus cabelos estavam trançados com fios também de pérolas. A garota tinha os olhos arregalados. Ela era o retrato da inocência naquele cenário, uma imagem que instigava os dançarinos, que nunca tiravam seus olhos mascarados de Sarah enquanto se moviam com graciosidade exausta à cadência de uma melodia sinistramente bela.

A garota caminhava devagar pelo salão. Duas mulheres com vestidos deslumbrantes riam-se dela por trás de seus leques. Sarah hesitou ao lado de um grande espelho e olhou para seu reflexo.

Pelo espelho ela via que as pessoas que passavam às suas costas a observavam como encantadoras aves de rapina. Os dançarinos oscilavam e rodopiavam. Então, ainda pelo espelho, Sarah viu algo que a fez arfar. Ela viu Jareth passar de relance, dançando enroscado a uma mulher voluptuosa.

A garota girou sobre os calcanhares, mas ele havia desaparecido. Ela permaneceu ali, tão concentrada, espiando por entre a multidão em busca do Rei dos Duendes, que não notou o rapaz encostado em uma coluna ao seu lado. Ele tinha a cabeça apoiada na coluna e a encarava abertamente. O rapaz saboreava a visão do rosto da garota, depois de seus ombros alvos, seus seios, seus quadris, suas pernas. Então, avançou na direção dela e murmurou algo em seu ouvido: "Você é belíssima, minha querida".

Sarah girou para encará-lo, a boca aberta. Diante da mistura de surpresa e satisfação no rosto da garota, o rapaz jogou a cabeça para trás e riu. Nervosa, ela sorriu para ele.

Escondido atrás da capa curta de outro homem, Jareth assistia a tudo, mas Sarah não o via. Os olhos do Rei dos Duendes seguiam Sarah para onde quer que ela fosse no depravado salão de baile.

Ela estava tensa agora, acanhada em meio a pessoas que não conseguia compreender mas que se comportavam como se soubessem de algo que ela não sabia. Às pressas, a garota percorria o salão de baile à procura de Jareth. Ela não sabia por que queria encontrá-lo, nem o que lhe diria. Sabia apenas que era de suma importância que o *encontrasse*.

Quando o viu, ele estava sussurrando alguma coisa para sua bela acompanhante, que respondeu com um sorriso de quem compartilha de um segredo, lambendo os lábios em seguida, devagar, com a pontinha da língua.

Sarah corou e lhes deu as costas, constrangida. Ela se pegou olhando para outro dos grandes espelhos espalhados pelo salão, e viu Jareth atrás de si, sozinho. Ele era uma figura estonteante, aprumado, louro, vestindo uma sobrecasaca azul meia-noite com pedrarias na gola, nos ombros e nos punhos. Rufos de seda de um cinza claro cascateavam do pescoço e dos pulsos, acentuando a palidez de sua pele. Da cintura para baixo, ele vestia malha negra e botas negras reluzentes. O Rei dos Duendes segurava uma máscara com chifres, presa a uma vareta, mas ele a havia abaixado agora a fim de olhar diretamente para Sarah, no espelho. Atrás dele, os dançarinos continuavam rodopiando. Ele estendeu a mão.

A garota deu meia-volta, sem esperar que ele estivesse realmente ali. Mas Jareth estava, e ainda estendia a mão para ela. Sarah a pegou, sentindo-se tonta.

Sua tontura passou assim que começou a girar pelo salão nos braços de Jareth. Sarah era a mulher mais adorável do baile, e ela o sabia pelo modo como Jareth lhe sorria. O Rei dos Duendes dedicava sua inteira atenção à garota. O toque das mãos de Jareth em seu corpo era empolgante. Dançar com ele parecia a coisa mais fácil e mais natural do mundo. Quando ele lhe disse que ela era linda, Sarah ficou confusa.

"Eu me sinto... eu me sinto como se... eu — não sei o que estou sentindo."

Ele parecia divertido. "Não sabe?"

"Sinto como... se eu estivesse num sonho, mas não me lembro de jamais ter sonhado com nada parecido antes!"

Jareth recuou para olhar para a garota e riu, embora afetuosamente. "Você vai ter de se encontrar no papel", disse ele, continuando a girá-la pelo salão.

Sarah sorriu para ele. Ela pensou em como ele era bonito, mas não se dizia essas coisas a um homem, não é? Além disso, havia alguma coisa em seu rosto que estava claramente desfrutando o momento, sem a zombaria ou o mistério que ela vira em outros rostos ali.

"E quando tiver se encontrado no papel, permaneça em seu sonho, Sarah." Jareth fitava a garota diretamente nos olhos. Seu sorriso era sério. "Acredite em mim. Se quiser ser verdadeiramente livre, ser totalmente você mesma — é o que você quer, não é?"

Sarah assentiu.

"Então, você irá encontrar o que quer apenas se permanecer em seu sonho. Se o abandonar, estará à mercê dos sonhos dos outros. Eles farão de você o que *eles* quiserem que você seja. Esqueça-os, Sarah. Confie em seu sonho."

Sarah estava fascinada.

"Confie em mim", disse Jareth, aproximando seu rosto do da garota. "Pode fazer isso?"

Ela assentiu e, ansiosa, ergueu os olhos para ele. Jareth iria beijá-la. Sarah fechou os olhos. Era assim que se fazia.

Mas alguma coisa fez com que ela os abrisse novamente. Era o silêncio. A música havia parado. Ela viu que eles estavam cercados por todos os demais dançarinos, que trocavam olhares maliciosos entre si e cutucavam uns aos outros. A garota os viu morder o lábio para segurar o riso. Jareth parecia tranquilo, mas ela afastou bruscamente seu rosto do dele, horrorizada. Ele a puxou para mais perto de si e buscava seus lábios com insistência. Tomada de repulsa, ela se contorceu e se libertou de seu abraço.

O relógio bateu doze horas.

Sarah forçou sua passagem pela multidão que se acotovelava e debochava. Um homem lhe sorriu com malícia por trás da máscara e a agarrou. Ela sentiu aquele hálito pernicioso em seu rosto e o empurrou para longe, furiosa. Um grupo de mulheres que riam baixinho passou correndo entre eles, perseguidas por homens que gargalhavam alegremente. Perdendo o equilíbrio, Sarah trombou em uma coluna. Agachando-se, apavorada, ela conseguiu abrir caminho pela multidão e seguiu até ver à sua frente a membrana bruxuleante da grande bolha.

Ao seu lado estava uma pequena cadeira pintada. A garota a pegou com as duas mãos e a atirou contra a bolha.

A cadeira atravessou a parede da bolha, que explodiu. Sarah foi sugada pela abertura.

Agora, ela voava pelo espaço. Abaixo, no chão, a garota viu o rosto de Ludo e do Senhor Dídimo olhando para cima, para ela. Eles movimentavam a boca, como se estivessem chamando seu nome, mas tudo o que a garota conseguia ouvir era o barulho monótono da lufada de ar. Atrás de si, o salão de baile havia sido destruído e reduzido a pó. Coisas estranhas, pedaços de coisas e coisas em pedaços passavam zunindo pelo espaço junto com ela, algumas a ultrapassando, outras ficando para trás.

A garota começou a reconhecer os objetos. A dançarina de sua caixinha de música passou por ela, fazendo piruetas de cabeça para baixo, seguida de vários de seus livros favoritos, fora de ordem, as páginas batendo, soltas, ao vento. Lancelot não estava muito longe, no céu, e, para além dele, Sarah viu alguns recortes de revistas de fofoca, e a colher e o oveiro que usava quando bebê. Aquilo era um Mar dos Sargaços formado por tudo o que ela já vira ou imaginara na vida, mas reorganizado em combinações improváveis. Se estes são os destroços do salão, pensou ela, então minha vida inteira devia estar naquele baile, sob algum disfarce.

Os escombros flutuantes do quarto de sua mente se estendiam de horizonte a horizonte. E tudo, inclusive Sarah, começou a acelerar, a girar cada vez mais depressa, formando um turbilhão. O rugido do ar transformou-se em uma música estridente e dissonante.

Então, tudo parou. Sarah estava no chão, usando suas roupas novamente, o pêssego mordido na mão. Ela o ergueu para examiná-lo mais de perto. Sua polpa estava apodrecida. Um verme deslizou para fora da parte mordida. Sarah ofegou, jogou o pêssego para longe, e desmaiou.

O MELHOR MOMENTO DA VIDA DE SARAH

X V

A garota acordou em lugar nenhum. Ela abriu os olhos e viu acima um céu sombrio, mas a terra nua à sua volta estava incomodamente iluminada, como fotografias que vira da lua. Talvez *estivesse* na lua, pelo que podia ver.

Ela estivera em um baile: isso conseguia lembrar. Onde havia sido, como chegara lá e por que — nada lhe vinha à mente, só o baile. Sarah fechou os olhos à lembrança de Jareth, queimando de vergonha diante do modo como sucumbira ao charme do Rei dos Duendes. Ela se sentia suja pelo que acontecera em seguida no salão. De alguma forma, fora a culpada de tudo. Aqueles homens colocando as patas sobre ela, Jareth tentando forçar asperamente um beijo — se ela fosse realmente inocente, eles não teriam agido daquela maneira, teriam?

“O que eu estava fazendo?”, perguntou a garota, em voz alta. Sarah se sentou e olhou em redor. O que viu foi uma paisagem completamente desolada, um deserto em que se destacavam apenas pilhas e fragmentos de coisas que haviam sido descartadas. O rosto de Sarah estava tomado de confusão e desespero. Não havia nada que se pudesse fazer ali, nada. Ninguém à vista. Era um lugar em que uma pessoa logo se esqueceria do próprio nome.

Ela fez um esforço para se levantar. No primeiro passo que deu, pisou em uma pequena pilha de trapos. De repente, os trapos se moveram debaixo de seu pé. Ela recuou de um salto.

"Ei!", disse uma voz de velha. "Saia de cima das minhas costas!"

"Desculpe", pediu Sarah instintivamente, sem saber a quem ou a que se dirigia.

Uma parte dos trapos se ergueu. Sarah viu que se tratava na verdade de uma pilha de lixo acumulado nas costas curvadas de uma pequena velha-duende. Ao mesmo tempo, percebeu que outros montes de lixo eram, na realidade (se é que algo ali era real), fardos nas costas de outras pessoas, que se moviam bem devagar pela paisagem desolada. A garota viu a cadeira pintada do baile a uma pequena distância, no topo de uma pilha que alguém havia recolhido.

O rosto enrugado da mulher do lixão a encarava, furioso, debaixo do monte de objetos de metal retorcidos e amassados, roupas descartadas, fragmentos de cerâmica e mobília quebrada que ela carregava. "Por que você não olha por onde anda, garota?"

"Eu *estava* olhando", respondeu Sarah, levemente ofendida.

"Então, para onde está indo?"

"Ah... er... bem, não me lembro."

A mulher do lixão fungou. "Você não pode *olhar* por onde anda se não *sabe* para onde está indo."

Sarah pensou que poderiam ter discutido a questão, mas decidiu que ser educada seria melhor. Ela olhou em torno e disse: "Quero dizer, eu estava procurando alguma coisa".

A mulher do lixão deu uma risadinha, apaziguada. "Bem, é claro que estava, queridinha. Estamos todos procurando alguma coisa, não é? Mas você precisa ter olhos aguçados se quiser encontrar alguma coisa. Já *eu*, encontrei muitas coisas." E olhou de relance para cima, indicando o fardo de lixo amontoado sobre as costas.

Sarah olhou com mais atenção para a valiosa coleção de lixo da mulher e percebeu que ela curiosamente a interessava. "Nossa", exclamou a garota, "encontrou mesmo!"

A mulher do lixão soltou um grunhido de satisfação.

"Tem uma lata de biscoitos", observou Sarah, "um escorredor, e uns pedaços de vela..."

"Ah, sim." A mulher do lixão assentia. "É difícil encontrar coisas elegantes assim hoje em dia."

"Imagino que sim." Sarah olhava para além da velha. De vez em quando, uma pilha de lixo se erguia nas costas de alguém que vagava por ali para vasculhar as quinquilharias de outro monte. Todas aquelas pessoas seguiam aleatoriamente na mesma direção, como se estivessem indo para casa ao fim do dia.

"Mas não se preocupe, queridinha." A mulher do lixão já era como que uma avó para Sarah a essa altura. "Vou lhe dar algumas coisas, para você começar, sabe. O que acha?"

"Ah", disse Sarah, em dúvida, "obrigada."

A mulher do lixão começara a se arrastar na mesma direção dos outros. Sarah caminhava a seu lado. Enquanto avançava, a velha vasculhava, com uma das mãos, a pilha de lixo em suas costas, tentando encontrar algo. Apreensiva, Sarah a observava, temendo que a pilha inteira se desfizesse e caísse aos pés da mulher caso ela puxasse um objeto dali. Por fim, a mulher do lixão disse: "Rá!", e retirou o que desejava, entregando-o a Sarah.

Era Lancelot.

Sarah engoliu em seco e sorriu com uma alegria infantil. "Lancelot!", exclamou, abraçando o ursinho. "Obrigada", disse ela à mulher do lixão. "Obrigada." Era como se ela fosse outra vez a garotinha a quem o pai estava presenteando com o urso de pelúcia.

"Era isso que você estava procurando, não é?", perguntou a velha, carinhosa.

Sarah assentiu, entusiasmada, apertando Lancelot. "Sim. Eu tinha esquecido." Ela suspirou e deu um beijo no ursinho.

"Agora", disse a mulher do lixão, "por que não entra ali para ver se tem mais alguma coisa que você queira?" Ela apontava para uma espécie de tenda a que haviam chegado, tão descolorida quanto o restante do nada que era aquele lugar. A mulher se inclinou e afastou uma parte do tecido da tenda.

Sarah deu um passo adiante e viu o que havia dentro da tenda. Ela arregalou os olhos e escancarou a boca. Era seu quarto.

Sarah estava em casa, deitada em sua cama, agarrada a seu ursinho de pelúcia. Era noite. Ela ainda estava vestida.

A garota se sentou devagar e correu os olhos pelo quarto. Tudo estava onde deveria estar. Ela esfregou a testa. "Ah, *foi* só um sonho." E olhou para o ursinho. "Eu sonhei tudo aquilo, Lancelot." Sarah meneou a cabeça, intrigada. "Foi tão, tão real, e tão..." Ela apertou Lancelot. "Ainda estou um pouco nervosa."

A garota caminhou, nas pontas dos pés, até a porta do quarto, ainda segurando Lancelot. "Será que papai já voltou?", sussurrou, e abriu a porta com cuidado, para o caso de já estarem todos dormindo.

A mulher do lixão estava ali, do lado de fora, lançando um olhar preocupado para a garota. "Não gosta das coisas, queridinha?" Atrás da velha, a paisagem deserta, deprimente e incomodamente iluminada se estendia a perder de vista.

Sarah bateu a porta na cara da mulher, correu até a cama e enterrou a cabeça nos lençóis. Depois de um tempo, olhou para Lancelot e disse, com firmeza: "É um sonho". Ela fechou os olhos e forçou-se a respirar tranquilamente. "É só um sonho", disse, assentindo e agarrando-se a Lancelot. "É só um *sonho*."

Então, ela se levantou, respirou profundamente e, confiante, caminhou até a porta.

Ao abri-la, viu que a mulher do lixão ainda a aguardava ali. Desta vez, a velha entrou no quarto antes que Sarah pudesse fechar a porta novamente. "É melhor ficar aqui dentro, queridinha", disse a mulher do lixão, em tom reconfortante. "Não há nada que você queira lá fora." A mulher deu uma piscadela para Sarah e sorriu como se compartilhassem de um segredo.

Sarah permanecera imóvel ao lado da porta. "Lancelot", sussurrou ela.

A mulher do lixão percorria, alvoroçada, o quarto da garota, tirando coisas das estantes para examiná-las, como se estivesse esvaziando a casa. Mas, quando encontrava alguma coisa que a agradava, em vez de colocá-la em sua própria pilha de lixo, ela a metia nos braços de Sarah. "Veja, aqui está seu coelhinho de pelúcia. Você gosta de seu coelhinho, não gosta? E a Ana Maltrapilha!" A mulher sorria carinhosamente. "Você se lembra da Ana Maltrapilha."

Distraída, Sarah seguia a mulher pelas estantes. Era espantoso que aquela mulher conhecesse aqueles objetos que lhe eram tão familiares e soubesse seus nomes. Mas, para além do espanto de Sarah, havia outra coisa atuando sobre seus sentimentos, algo cinzento e letárgico, como desespero. Ela reconheceu a sensação, mas não tinha certeza de sua causa.

O que era isso, esse sentimento subjacente? Tinha de ter algo que ver, suspeitou ela, com o modo como aquela velha queria agradá-la.

A mulher do lixão colocava cada vez mais coisas nos braços de Sarah. "E aqui está sua caixa de sapatos — um monte de lápis de cor e elásticos — você quer todos eles. Ah, veja! Seus chinelinhos de urso. Você sabe o quanto adora seus chinelinhos de urso... nunca os quis jogar fora."

Sarah afundou na cadeira diante do espelho da penteadeira. Ela espalhou sobre o móvel todos os objetos que trazia nos braços e fitou a si mesma no espelho.

"Aah, e aqui temos um tesouro! Você o quer, não é, queridinha?" A mulher entregou a Sarah o batom quebrado. "Vamos lá. Coloque um pouco de maquiagem."

Sarah pegou o batom da mão da mulher e, obediente, começou a passá-lo.

Nesse meio-tempo, a mulher do lixão começou a amontoar cada vez mais objetos sobre as costas de Sarah. Estranhamente, eles ficavam grudados ali, uns em cima dos outros. Talvez fosse alguma manha do negócio.

"E aqui está seu velho cavalinho. Você gosta de seu cavalinho. *Cavalinho, cavalinho, levante pó, continue trotando, pocotó, pocotó*. Heh-heh. E todos os seus livros de fantasia... Ah, e aqui está sua velha Flopsy. E o jogo de impressão. E sua lojinha de brinquedo — ela ainda tem os docinhos nos potes. E *O Mágico de Oz*. E aqui está o primeiro tricô que você fez, dê uma olhada. Você o quer, não é, queridinha?"

Pelo espelho, Sarah viu que a pilha de quinquilharias em suas costas estava ficando quase tão alta quanto o fardo que a própria velha do lixão carregava. Além disso, seus ombros começavam a parecer arqueados. Como que hipnotizada, ela fitava o espelho, olhando no fundo dos próprios olhos. Com a voz distante, a garota disse: "Eu estava procurando alguma coisa...".

"Não diga bobagem", respondeu a velha. "Está tudo aqui, tudo o que sempre foi importante para você."

Sarah virou-se para observar a mulher do lixão, que continuava a remexer alegremente nas estantes, depois se virou outra vez para o espelho e continuou a passar o batom quebrado.

"E aqui está seu livro-pato", cantarolava a mulher. "Você não esqueceu como ele sobe e desce e grasna..."

Sarah parou de ouvir. Ela precisava parar, ou começaria a chorar de humilhação. A garota olhou ao redor, procurando alguma coisa que afastasse sua atenção da ladainha condescendente da mulher do lixão. Na outra extremidade da penteadeira estava *O Labirinto*, onde ela o havia deixado. Sarah colocou o batom na penteadeira, abriu o livro e começou a ler, em voz alta: "Enfrentando perigos indizíveis e dificuldades sem conta", declamou, "lutei para percorrer o caminho até aqui, ao castelo para além da Cidade dos Duendes, para levar de volta a criança que você roubou..."

Ela baixou o livro no colo e correu os olhos pelo quarto. A velha do lixão continuava tagarelando, mas, de repente, Sarah já não prestava atenção. "A criança que você roubou..." Ela lembrou o que vinha procurando. Toby!

Tudo mudou. O quarto era igual ao que sempre fora, dia e noite, dia após dia, por todo o tempo que Sarah conseguia lembrar, mas ela o via com novos olhos agora. Ele era todo feito de fragmentos de sucata, tudo era lixo, relíquias. Todas as suas coisas, a mobília, até mesmo as paredes, o quarto inteiro era um monte de lixo, o santuário morto de um espírito que havia partido.

A mulher do lixão notara a nova expressão no rosto de Sarah e perguntava, com a voz preocupada: "Qual é o problema, queridinha? Não gosta de seus brinquedos?".

"É tudo lixo."

A mulher ficou desconcertada. Ela projetava o lábio inferior e resmungava consigo mesma enquanto se arrastava pelo quarto, procurando alguma coisa, remexendo gavetas e estantes. Por fim, encontrando o que procurava, ela ergueu o objeto, resoluta. "E isto aqui?", tornou ela. "Isto não é lixo."

Era seu trunfo: a caixinha de música. A velha lançou um olhar significativo para Sarah e deu corda no objeto. "Greensleeves" tilintou pelo quarto, soando estranhamente parecida com a música comovente do baile.

"Sim, é sim!" Era lixo, como tudo o mais ali, os destroços de um período de sua vida que ela agora desejava ardentemente deixar para trás. A essa altura, Sarah soube o que era aquele desespero cinzento. Aquele quarto era uma prisão, e ela era sua própria carcereira. Assim, ela tinha a chave para se libertar e sair para fazer aquilo que importava.

"Preciso salvar Toby!", gritou.

Ao longe, em algum lugar para além do quarto, ela ouviu que chamavam seu nome. "Sarah, Sarah!" A garota reconheceu as vozes: eram Ludo e o Senhor Dídimo chamando por ela.

Sarah se levantou, tirando de cima dos ombros todas as quinquilharias que a velha do lixão estivera grudando ali. Nesse mesmo instante, as paredes do quarto começaram a vibrar. As coisas caíam das estantes, as maçanetas rangiam. Então, as paredes mesmas começaram a ruir, como se fossem feitas de lixo.

A garota olhou ao redor para ver o que estava acontecendo. Pelo teto em ruínas surgiram dois pares de mãos, estendendo-se para baixo. Ela as agarrou e as mãos logo a puxaram para cima, para fora do quarto.

Emergindo de uma pilha de lixo, a garota foi colocada em solo firme. Ludo sorria. O Senhor Dídimo parecia animado e cortês. "Bela donzela", disse ele. "Enfim estás conosco novamente."

Atrás deles, Sarah via dois enormes portões grotescos. E para além dos portões, o castelo de Jareth.

OS PORTÕES DA CIDADE DOS DUENDES

XVI

Sarah olhou para os portões grotescos e não se atreveu a acreditar no que via. "Onde estamos?", perguntou ela.

Tudo o que Ludo conseguia fazer era sorrir de alegria. "Sarah — voltou", começou a dizer.

O Senhor Dídimo o interrompeu. "Estamos diante dos portões da Cidade dos Duendes, bela donzela. Mais além, podes divisar o castelo, o objeto de tua busca, não foi o que disseste?"

"É isso mesmo."

O Senhor Dídimo parecia melancólico. "Estás certa, não estás, de que não procuras um castelo que demande quatorze anos da busca errante de um cavaleiro, enfrentando tribulações e perigos e..."

"Ah, Senhor Dídimo. Ludo. Tenho de chegar logo ao castelo de Jareth, ou vou perder Toby para sempre."

"Toby?", perguntou o Senhor Dídimo.

"Meu irmãozinho."

"Toby — Ludo — irmão." Ludo estava radiante.

"Ah! Senhor Tobias, nosso irmão de armas", exclamou o Senhor Dídimo. "Então, avante!" Ele ergueu o cetro, esporeou Ambrósio e disparou na direção dos portões da Cidade dos Duendes.

Sarah e Ludo saíram correndo no encalço do cavaleiro. Eles não viram uma figura sombria que espreitava atrás de uma pilha de sucata. Era Hoggle, que observava cada movimento que eles faziam.

Do lado de fora dos portões, um duende se apoiava em sua lança, em sono profundo. Sem o notar ali, o Senhor Dídimo avançou diretamente para os grandes portões e começou a golpeá-los com seu cetro. "Abram!", bradava ele. "Abram os portões, em nome de tudo o que é..."

Alcançando-o, Sarah colocou ansiosamente o dedo sobre os lábios e sussurrou: "Shh! Quieto, Senhor Dídimo". Ela apontou para o guarda adormecido.

O Senhor Dídimo lançou um rápido olhar de desprezo para o duende e gritou: "Ora! Eu não me importo nem um pouco com esses duendes". Ele continuou esmurrando os portões. "Abram, eu ordeno!"

"*Por favor*", implorou Sarah, com um sussurro urgente. Ela viu o guarda se remexer e grunhir em seu sono profundo.

Mas o Senhor Dídimo era indômito. "Pois que todos acordem. Lutarei com todos até a morte." E desferiu outra saraivada de golpes que ressoavam nos portões.

As pálpebras do guarda tremiam.

Sarah agarrou o diminuto cavaleiro pela manga. "*Por favor! Por favor*, Senhor Dídimo. Por mim. Por favor, tente não fazer barulho!"

De sua sela, o Senhor Dídimo fez uma mesura tão grande que seus bigodes roçaram no chão. "Mas, é claro", assegurou à garota. "Por ti, belíssima donzela, por ti, tudo!" Ele aproximou os lábios do ouvido de Sarah, e sussurrou: "Mas não sou um covarde?".

"Não", sussurrou ela, em resposta.

Ludo também meneou a cabeça, com muita convicção.

O Senhor Dídimo desejava sanar mais uma questão com relação a suas proezas cavalheirescas: "E meu faro é preciso?".

"É sim", disse-lhe Sarah.

O cavaleiro aprumou-se orgulhosamente e ergueu a voz outra vez. "Então, lutarei com qualquer um, a qualquer hora, em qualquer lugar." Ele refletiu, e gritou: "Com quaisquer armas".

Sarah pressionou o dedo contra os lábios outra vez. "Nós sabemos, nós sabemos", sussurrou. "Agora, por favor, Senhor Dídimo, fica quieto."

"Certo", disse ele, com vivacidade.

Nesse meio tempo, Ludo havia caminhado até os portões e dado um leve empurrão em um deles, que se abriu.

Os três se esgueiraram para dentro. Logo que entraram, ouviram os portões se fecharem com estrépito às suas costas. À frente havia outro par de portões, mas este já estava aberto.

"Ah!", exclamou o Senhor Dídimo, com um orgulhoso movimento de cabeça. "Eles não ousam fechar os portões diante do poder do Senhor Dídimo." E, erguendo o cetro, a fina flor da cavalaria conduziu seu intrépido grupo adiante.

No entanto, os portões internos da cidade se fecharam antes que o Senhor Dídimo os tivesse alcançado. E a aparência que tinham agora era mil vezes mais intimidadora que a de meros portões. Cada porta era a metade de uma armadura gigantesca. Quando as duas metades do portão se uniram com um estrondoso clangor, elas formaram um guerreiro imenso, recoberto de placas de metal, a quem os duendes chamavam Gigante. Sua boca cavernosa soltou um berro metálico e sobrenatural. Seus olhos se acenderam. Em uma das mãos ele brandia um enorme machado duplo.

Sarah choramingou. Ela sentiu o chão tremer quando Gigante, machado em punho, se soltou dos portões e começou a caminhar na direção deles. A seu lado, ela ouviu Ludo rugir, mas seu rugido era um mero assobio se comparado ao barulho horrível produzido por aquele Golias-duende.

Ambrósio deu uma olhada e, sensato, fugiu. O Senhor Dídimo, lançado ao chão, ordenava, furioso, que seu corcel voltasse. Ambrósio não enfrentaria aquilo. Ele se escondeu atrás de um esteio.

"Ora!" O Senhor Dídimo estalou os dedos, irritado. "Se aquele guerreiro acolá e eu travássemos uma justa com lanças, eu o derrotaria rapidamente."

Mas Gigante já não estava acolá. Ele estava próximo o bastante para desferir um forte golpe de machado no trio. O enorme guerreiro errou, mas abriu um grande talho no muro de pedra. Uma cascata de fagulhas jorrou da cabeça de aço do machado.

Os três se esquivaram e passaram pelos pés de Gigante, mas ele girou abruptamente e desceu o machado outra vez, com as duas mãos. Gritando, os três saltaram, um para cada lado, e o machado golpeou o chão entre eles, enterrando-se em meio às pedras estraçalhadas do pavimento. Gigante soltou a arma dali sem qualquer esforço e, agora agachado, desferiu um golpe lateral contra eles, como o de uma foice. Os amigos se jogaram no chão, ouvindo o machado passar com um zumbido mais acima, um barulho que parecia um rojão aceso.

Sarah, Ludo e o Senhor Dídimo viram o machado ser erguido novamente e correram para buscar proteção junto dos muros do pátio. O golpe do machado arrancou um talho de um esteio. Seguiu-se golpe após golpe, e cada um deles não teria deixado do trio mais do que resta de um mosquito esmagado em uma parede. O que os mantivera a salvo até ali haviam sido os movimentos desengonçados e rígidos do ataque de Gigante, que os alertavam, com uma fração de segundo de antecedência, onde o próximo golpe destruidor seria dado. Era só uma questão de tempo até que os amigos se enganassem, e Gigante parecia ter todo o tempo de que precisava, perseguindo-os, com seus passos pesados, pelo pátio fechado e por certo sem se cansar com o vigor atroz de seu ataque.

Em um breve instante entre um golpe e outro, o Senhor Dídimo percebeu uma movimentação no parapeito de um dos muros. "Vejam!", arfou ele, apontando. Isso foi quase fatal.

"*Cuidado!*", gritou Sarah, e os três mergulharam ao mesmo tempo, para os lados, no exato momento em que o machado descia assobiando e atingia o chão outra vez, levantando uma nuvem de poeira e fragmentos das pedras do pavimento.

Enquanto Gigante preparava o golpe seguinte, Sarah viu o que era a movimentação sobre o parapeito. Hoggle corria desabalado pelas ameias, em direção ao arco que ficava acima dos portões internos.

"Hoggle!", gritou Sarah, incentivando o amigo antes de disparar por entre os pés de Gigante e sair do caminho.

Não estava claro como Hoggle poderia ajudá-los, mas ele escalava o arco com tamanha urgência que com certeza tinha algum propósito em mente.

Gigante alternou os pés, como tanques de guerra, para preparar o próximo golpe. Ao fazê-lo, ele voltou as costas para os portões internos.

Sarah viu Hoggle, agora no alto do arco, agachado, pronto para pular sobre o elmo de chifres de Gigante. Ela cobriu o rosto com as mãos, assustada, e espiou por entre os dedos. Aquilo era como um ato de heroísmo inútil em Hoggle, como uma mosca atacando uma locomotiva.

Com um brado triunfante, Hoggle saltou para os ombros de Gigante.

"Hoggle!", murmurou Sarah enquanto saía em disparada para evitar outro golpe estrondoso.

O anão se equilibrava em uma perna, e chutava o elmo do guerreiro com a outra. A calota de cima do elmo se abriu na altura de uma dobradiça. Dentro da cabeça de Gigante, um pequeno duende de jaleco branco e olhos fitos, enlouquecidos, através de grossas lentes manuseava febrilmente uma série de alavancas. Hoggle baixou as mãos, agarrou o duende pelas axilas e o arremessou para fora. O pobre caiu nas lajotas do pátio e tateava às cegas em busca de seus óculos esmigalhados.

Hoggle já havia saltado para dentro da cabeça de Gigante e operava as alavancas como se tivesse sempre sido o engenheiro. Talvez ele realmente soubesse o que estava fazendo, ou estivesse apenas puxando as alavancas a esmo. O resultado foi que Gigante, cotovelos junto ao corpo e antebraços estendidos, como um robô, entrou em parafuso. Seus pés se remexiam em uma espécie de dança, o tronco balançava de um lado para o outro, o machado era erguido e abaixado com movimentos rápidos e súbitos, e o pescoço girava cada vez mais depressa. Hoggle puxou mais alavancas e, então, teve de saltar às pressas dali, pois Gigante corria descontrolado e às cegas, brandindo o machado e soltando fumaça pelas juntas.

O anão caiu sobre um amontoado de pedras aos pés de Sarah, que o ajudou a se levantar, mas não teve tempo de conversar com ele. Gigante agora corria, desembestado, pelo pátio, como um touro tresloucado, trombando nas paredes. O machado subia e descia com violência, descrevendo um eixo vertical, pulverizando as pedras do pavimento quando acertava o chão, e cravando-se nas costas do guerreiro quando voltava a subir.

Os movimentos aleatórios de Gigante por fim o levaram de volta aos portões internos, onde ele havia sido acionado. No golpe seguinte para cima, o machado penetrou fundo na fenda entre duas pedras do arco e ficou preso ali. Em consequência, quando o guerreiro tentou desferir mais um poderoso golpe para baixo, seu corpo inteiro foi puxado para cima, como uma alavanca: uma cena assustadora. Mas ele era pesado demais para que seus pés saíssem do chão. O que poderia ter acontecido era o machado se soltar, ou o arco ruir. Mas o que de fato aconteceu foi que Gigante vergou na altura dos joelhos e da cintura, e ficou parecendo um enorme arremessador de martelos fracassado. Pequenas fagulhas azuis começaram a disparar ao longo de sua armadura inteira com a sobrecarga dos circuitos.

"Você está bem?", Sarah perguntou a Hoggle, inclinando-se para cuidar de qualquer arranhão que ele pudesse ter sofrido.

Hoggle recuou alguns passos e manteve a cabeça abaixada. "Não estou pedindo para ser perdoado", disse ele, teimoso. "Não tenho vergonha de nada que fiz. Não me importo com o que você pensa de mim." Ele rolava uma pedrinha com a bota, os olhos fixos nela. "Eu lhe disse que era um covarde. Agora você sabe que eu estava apenas dizendo a verdade. E não estou interessado em ter amigos..."

"Eu perdoo você, Hoggle", disse Sarah, com simplicidade.

Hoggle ergueu depressa a cabeça de gnomo e olhou para a garota de sob uma das sobrancelhas peludas. "É mesmo?", perguntou ele, baixinho.

O Senhor Dídimo foi até Hoggle e lhe deu um tapinha no ombro. "E eu te parabenizo", disse ele, a outra mão apoiada no cetro. "Poucas vezes vi tanta coragem. O próprio Senhor Galahad ficará impressionado quando a notícia lhe chegar aos ouvidos. Devemos-te nossas vidas. És a fina flor da valentia cavalheiresca, Senhor Hoggle."

"Sou?"

Ludo fez sua homenagem. "Hoggle — Ludo — amigos."

"Somos?", concordou Hoggle, inseguro.

Sarah soltou a corrente de penduricalhos que havia tomado de Hoggle no labirinto de sebes — parecia que havia se passado tanto tempo — e a devolveu ao anão. "Aqui estão suas coisas, Hoggle. E obrigada por sua ajuda."

Hoggle pegou as joias e as fitou. Em seguida, ergueu os olhos com um largo sorriso e covinhas no rosto. "Bem", disse, e começou a caminhar em direção aos portões internos, "o que estamos esperando?"

O Senhor Dídimo chamou: "Ambrósio!". Cauteloso, o corcel apontou o focinho de trás do esteio em que se havia escondido.

"Ambrósio!" O Senhor Dídimo ergueu a voz, impaciente. Ambrósio, desconfiado, aproximou-se devagar do dono.

Uma vez montado o cavaleiro, o grupo passou cuidadosamente ao largo do corpo enorme de Gigante. As fagulhas azuis ainda chiavam.

Entusiasmado, o Senhor Dídimo passou na frente de Hoggle e bateu com o cetro nos portões internos. Hoggle os empurrou. Nenhum deles conseguiu fazer os portões se abrirem, mas essa foi uma tarefa fácil para Ludo. Sem Gigante, eles não passavam de um par de portas pesadas que levavam à Cidade dos Duendes.

Jareth descansava em seu trono, apoiado em um dos cotovelos. A seu lado estava Toby. Eles estavam cercados por duendes, que os observavam brincar juntos e desejavam poder brincar com o bebê. Parecida divertido. Jareth fazia cócegas em Toby e, sempre que estava a seu alcance, o bebê esmurrava o rosto do Rei dos Duendes. A brincadeira já se desenrolava havia algum tempo.

Jareth ria suavemente. "Amiguinho esperto." Em mais de um sentido, pensou ele, mas por que se dar o trabalho de dizê-lo quando só se tem duendes por plateia? Ele assentiu. "Acho que vou chamá-lo Jareth. Ele tem os meus olhos."

Toby deu um tapa em um dos olhos do Rei dos Duendes.

"E meu temperamento", acrescentou Jareth.

Um duende entrou correndo no salão, tropeçou na carcaça de uma galinha, caiu de cara no chão e dali mesmo anunciou: "Majestade! A garota!".

Jareth ergueu os olhos de forma lacônica. "Qual?"

O duende já se levantava. "A garota que comeu o pêssego e se esqueceu de tudo?"

"Sim, sim", disse Jareth, irritado. Como se ele viesse pensando em mais de uma garota ultimamente. "O que tem ela?"

Os olhos do duende estavam saltados e ele tinha um dos braços estendido atrás de si, apontando. "Ela está aqui."

"Hein?" Jareth parou de fazer cócegas em Toby e avaliou o mensageiro idiota.

"Ela está *aqui*, Majestade! Com o monstro, o Senhor Dídimo e o gnomo que trabalha para o senhor."

"Aqui?"

"Eles atravessaram os portões."

"*O quê?*", vociferou Jareth.

"A garota que comeu o pêssego e..."

"*Sim!*" O rosto de Jareth estava agitado. "Ela conseguiu passar por Gigante?"

"Sim, Majestade. Ele queimou os fusíveis."

"Queimou os... onde eles estão?"

"Estão a caminho do castelo."

Jareth se levantou, segurando Toby, que se debatia. "Detenham-na!", ordenou o Rei dos Duendes. "Chamem os guardas!"

Os duendes começaram a correr de cá para lá pelo salão, guinchando uns aos outros: "Chamem os guardas!".

"Não fiquem correndo de cá para lá", disse-lhes Jareth. "*Façam* alguma coisa. Ela tem de ser detida."

Todos os duendes dispararam ao mesmo tempo em direção à porta.

"Esperem!", gritou Jareth. Ainda com Toby nos braços, ele foi até os duendes e entregou o bebê a um deles. "Aqui", disse, "leve o pequeno Jareth. Ela não pode pegar o bebê."

O duende que pegou Toby correu para um lado enquanto os demais se apressaram a soar o alarme.

Jareth ficou sozinho. "Ela não pode pegar o bebê", repetiu para si mesmo. "Ela *tem* de ser detida."

PELAS BARBAS DO PROFETA

XVII

A Cidade dos Duendes era um vilarejo miserável, composto de uns dez quarteirões de casinhas caindo aos pedaços, ocultas nas sombras umas das outras e separadas por vielas sinuosas. As construções terminavam em beirais pontiagudos ou em telhados cônicos de colmo. As janelas que penetravam as paredes ficavam tão amontoadas e desorganizadas que, olhando de fora, surgia a dúvida se as casas teriam piso. A decoração da maioria delas seguia o estilo Grotesco-Duende. O madeiramento era aparado em pontas ascendentes, como bigodes de pontas voltadas para cima, e os frontões eram esculpidos no formato de pés e chifres duendiformes. As vielas sinuosas estavam cheias de restos de comida jogados das janelas e outros tipos de lixo tão apodrecidos que seria uma tarefa repugnante analisar o que haviam sido anteriormente.

O lugar ficava aninhado à sombra do castelo, que se erguia mais atrás em todo o esplendor de seus torreões e torres cobertas. Um largo lance de escadas, a entrada principal do castelo, ficava defronte aos portões internos do pátio e por certo garantia um acesso imponente antes do surgimento do vilarejo miserável para atrapalhar a vista.

Hoggle, Sarah, Ludo e o Senhor Dídimo, montado em Ambrósio, atravessavam nas pontas dos pés uma feira que ficava logo além dos portões. Estava amanhecendo e a cidade parecia profundamente adormecida. Vendo assomar o castelo à sua frente, eles avançaram em silêncio pelas vielas a fim de chegar até ele. Aqui e ali o grupo se esgueirava ao lado de algum duende que tirava uma soneca, encostado a alguma parede.

O Senhor Dídimo limpou a garganta e anunciou, em voz alta: "Este andar furtivo não é de minha natureza".

"Shhhhh!", fez Sarah, dirigindo-se ao cavaleiro.

"Quieto, seu tagarela!", rosnou Hoggle, por sua vez.

"Perdoa-me, bela donzela", desculpou-se o Senhor Dídimo, embora sem falar muito mais baixo. "Não conheço a palavra *medo*."

"Eu sei", respondeu Sarah, "mas *eu* conheço."

"E eu, também", acrescentou Hoggle. "Quieto!"

Tendo atravessado o vilarejo, eles chegaram a uma praça aberta. Os degraus que levavam ao castelo ficavam do outro lado. Tudo continuava assustadoramente imóvel. Eles começaram a caminhar silenciosamente rumo aos degraus.

O coração de Sarah batia forte. "Vamos conseguir", sussurrou ela.

"Moleza", disse-lhe Hoggle.

Mas ele devia ter desconfiado. Quando ouviu a garota usar aquela expressão antes, o castigo fora a cortadora. Desta vez, seria a guerra. Soou um clarim e, de ambos os lados da praça, surgiu de repente o exército duende marchando para cima deles com passos estrondosos, com o tinir de armaduras e um estranho grito de guerra. Incontáveis cabeças cobertas por elmos podiam ser vistas avançando depressa dos baluartes mais baixos do castelo. Havia apenas uma coisa a fazer: fugir. E havia uma única rota de fuga: voltar à cidade.

Os exércitos emergiam de dois corredores iguais que contornavam as laterais da escada principal, de modo que desembocavam um defronte ao outro. Um pelotão de bombardeiros trazia um canhão na vanguarda de cada grupo. Mas, com os corredores descendo por uma inclinação, os canhões pesados e seus condutores demasiado afoitos, os pelotões que traziam os canhões acabariam colidindo, a menos que fizessem um esforço para recuar. Foi o que fizeram. No entanto, isso foi inútil, porque a pressão da infantaria e da cavalaria que vinham mais atrás os arrastou inexoravelmente adiante. Enquanto corriam para se esconder na cidade, os quatro invasores ouviram um tremendo estrondo, como se mil latas vazias colidissem umas nas outras. Eles giraram sobre os calcanhares e assistiram a fileira após fileira de soldados-duendes amontoando-se umas sobre as outras. Nos baluartes do castelo, o duende que tocava clarim estava vermelho de tanto soprar seu instrumento.

Jareth estava de pé junto a uma janela do castelo, observando. Ele recuou, quase imperceptivelmente, diante da cena.

Correndo, Hoggle conduzia Sarah, Ludo e o Senhor Dídimo, ainda montado em Ambrósio, pelas vielas entrecruzadas da cidadezinha. Duendes punham a cabeça para fora das janelas acima deles para observar. O Senhor Dídimo protestava: "Temos de ficar e lutar frente a frente. É a única maneira honrada...".

De repente, Hoggle parou, os braços abertos como que dando um alerta. Os outros pararam atrás dele. Diante dos amigos, na outra extremidade da rua, surgiu um destacamento de duendes, todos empunhando lanças.

"Ai, ai, ai", murmurou Sarah. "Acho que é o fim da linha."

"Não temas, doce donzela", disse-lhe o Senhor Dídimo. "Esses duendes nanicos não são páreo para o Senhor Dídimo." Ele ergueu o cetro e estava prestes a atacar sozinho o exército quando Ambrósio deu meia-volta e saiu em disparada. Desta vez, o cavaleiro conseguiu permanecer na sela e, depois de percorrer as ruas, conseguiu levar Ambrósio de volta ao local de onde havia fugido.

Em desespero, Sarah gritou de uma porta: "Aqui dentro!".

Ela havia encontrado uma casa vazia onde pudessem se proteger. A casa tinha o formato de uma torre.

Relutante, o Senhor Dídimo desmontou e levou Ambrósio para dentro. Sarah passou o ferrolho na porta. Ela sorria de animação. Por maior que fosse o perigo em que se encontravam, nada jamais a intimidaria tanto quanto a velha do lixão. "Você toma conta da porta", disse ela ao Senhor Dídimo. "Hoggle e eu vamos vigiar aquela janela. E você, Ludo — suba no telhado."

Ludo assentiu, obediente. "Ludo — sobe." E subiu pela escada em caracol.

"Cuidado!", gritou Sarah, de repente. Na parede do cômodo ela vira sombras de duendes, com seus focinhos e chifres, as quais eram lançadas pelo sol nascente através da janela. O Senhor Dídimo colocou-se logo em guarda ao lado da porta. Sarah e Hoggle ficaram ao lado de um aparador cheio de porcelanas.

A garota falou, dirigindo-se ao monstro no alto das escadas. "Ludo, você está pronto?"

"Ludo — pronto."

Um duende quebrou a janela com seu pique e meteu a cabeça lá dentro para ver quem estava ali. Sarah, que estava a um dos lados da janela, acertou a cabeça do duende com um prato de jantar. Ele desabou no peitoril e escorregou para fora.

Outro duende tomou seu lugar. Mais um prato serviu ao mesmo propósito.

Imediatamente, uma terceira cabeça apareceu pela janela. Essa teve tempo de espiar aqueles que a defendiam. "Hoggle!", exclamou o duende. "Você costumava ficar do nosso lado."

"Sim", concordou Hoggle, e quebrou uma chaleira no elmo que cobria a cabeça do duende.

Foi a vez de outra cabeça feiosa aparecer na janela. Depois dela, veio outra, e tão logo as orelhas pontudas e os dentes pontiagudos dos duendes apareciam, eles eram golpeados por Sarah ou Hoggle.

O Senhor Dídimo observava com um misto de emoções. Ele tinha de admitir que a garota era valente e poderia ser uma cavaleira decente um dia. Por outro lado, ela havia colocado seu cavaleiro mais valoroso junto de uma porta de madeira aferrolhada, onde nada aconteceria. Inexperiência, era isso. Ele se perguntava se deveria desobedecer às ordens e unir-se aos outros perto da janela quando uma cabeça de machado em formato de trevo abriu um talho na porta. Pela rachadura ele viu olhos vermelhos ensandecidos a observá-lo e ouviu vozes falando depressa.

As coisas começavam a melhorar. Ele se preparou. Então, pela rachadura, viu meia dúzia de duendes atacando com um aríete. Em uma fração de segundo, ele puxou o ferrolho e abriu a porta. Conforme o aríete passava por ele a todo vapor, o cavaleiro dava um golpe de seu fiel cetro em cada um dos duendes que o manejavam. "Tome isto!", bradava o Senhor Dídimo, animadíssimo. "Em guarda, mancebo!"

Ele fechou a porta com estrépito e a aferrolhou outra vez, e tentava usar o aríete para escorar a porta rachada quando ela foi posta abaixo por outro esquadrão de duendes. O Senhor Dídimo não teve tempo de pegar seu cetro. Os duendes saltaram para cima dele, imobilizaram-no de cara no chão e, segurando-o pelos cabelos, começaram a bater seu focinho no piso. Depois de um tempo, eles pararam para avaliar seu trabalho.

"Rá!", gritou o Senhor Dídimo, com escárnio. "Tiveram o suficiente, não é? Cães covardes, como é fácil subjugar patifes como vós!"

Eles começaram a dar outra surra no cavaleiro por isso, mas Sarah vira o que estava acontecendo. Um penico acertou os duendes em cheio e os mandou pelos ares. No instante seguinte, o Senhor Dídimo já partia para cima deles. "Pelas barbas do Profeta!", exclamou ele. "Vale a pena arrebentar meu cetro para expulsar patifes como vós?"

Sarah e Hoggle ainda cuidavam da janela, mas suas reservas de louças de cerâmica se esgotavam e a horda de duendes não diminuía. Quando já não havia mais pratos, jarros nem tigelas, eles tiveram de usar xícaras de chá e pires, mas às vezes precisavam de dois deles para derrubar cada duende.

Outro deles teve tempo de reconhecer Hoggle. "O que fizemos a *você*?", perguntou o duende.

"A mim, não", respondeu Hoggle. "A ela — vocês roubaram o irmãozinho dela."

"Ora, nós roubamos um bebê! É isso o que duendes *fazem*. Você sabe disso, Hog..."

A frase foi encerrada com uma sopeira que Hoggle estava guardando para uma ocasião especial.

No telhado da torre, Ludo recebeu uma saraivada de lanças. Ele simplesmente se abaixou, escondendo-se atrás do parapeito. Então, um destacamento de duendes de comando atacou as paredes externas da torre, apoiando escadas ali e subindo por elas com o intuito de dominar Ludo. Mas o monstro não era fácil de dominar: quando chegavam ao alto das escadas e espiavam por cima do parapeito, Ludo os chutava, um a um, de volta ao chão. Convocou-se a artilharia. Um canhão atirou em Ludo um duende com um elmo cheio de cravos. O resultado foi que o elmo ficou cravado na parede de barro de uma casa próxima, mantendo o duende preso ali, agitando braços e pernas.

O Senhor Dídimo escutava com atenção. Do lado de fora da porta, ele conseguiu ouviu dois duendes conversando. "Ela é esperta", disse um.

"Sim", respondeu o outro. "Eu me arranjaria bem com a esperteza dela."

"Eu também", disse o primeiro. "Para comer!"

O Senhor Dídimo ficou enfurecido. Ouvi-los criticar sem piedade uma donzela tão linda era mais do que sua honra de cavaleiro poderia suportar. Escancarando a porta e saltando sobre as costas de Ambrósio, ele gritou: "Seus godos e vândalos! Tomem isto, então, pelas abomináveis blasfêmias que fazeis à virtude de uma donzela".

Sarah olhou para a porta e viu o Senhor Dídimo erguer o cetro e partir para o ataque.

"Não!", gritou ela, mas era tarde demais.

O Senhor Dídimo foi arremessado de volta um instante depois, as costas voltadas para o chão, a cabeça aparecendo primeiro. Ambrósio o seguiu a galope.

O invencível cavaleiro já estava de pé e os atacava no momento seguinte. Desta vez, Ambrósio disparou com ele pela cidade inteira novamente, até se depararem com uma fileira de lanças em riste. Mais lanças surgiram atrás deles na viela estreita.

"Não se preocupe, Ambrósio", disse-lhe o Senhor Dídimo. "Acho que os cercamos."

Com uma sequência vertiginosa de estocadas, defesas e golpes rápidos, ele desarmou todos os adversários à sua frente e, triunfante, avançou e meteu a cabeça na viga baixa de um pórtico, o que o derrubou da sela. Quando se levantou, estava cercado por pontas de lança.

"Rá!", rosnou ele. "Já não aguentam lutar, hein? Muito bem. Baixem suas armas e cuidarei para que sejam bem tratados."

Quando os duendes baixaram as lanças para acertá-lo, o cavaleiro saltou e saiu correndo sobre uma delas, e pulou de volta para sua sela, que infelizmente já não estava lá. Ambrósio mais uma vez havia tomado a atitude sensata.

Nesse meio tempo, Sarah teve uma ideia. "Ludo", gritou ela, "chame as pedras."

O barulho da batalha era alto demais para que Ludo, no alto da casa, ouvisse a garota. Ela teria de subir até o monstro. "Hoggle, recue!", exclamou ela. "Suba as escadas."

"Você primeiro", gritou ele.

Ela acatou. Hoggle a seguiu.

O Senhor Dídimo, sob forte ataque, correu para dentro da casa bem a tempo de dar cobertura ao recuo dos dois. Ele subiu as escadas de costas, cedendo um degrau por vez, evitando os agressores com insultos e estocadas de esgrima.

Sarah correu para o alto da torre. "Ludo", arfou a garota, "chame as pedras. Chame as pedras, Ludo."

Ludo não precisou de uma segunda ordem. Ele jogou a cabeçorra para trás, fechou os olhos e berrou mais alto e por mais tempo que uma trompa alpina.

A torre e o chão tremeram. Ouviu-se um ribombar ao longe. Fragmentos caíram dos muros do castelo.

Mas enquanto esperavam pela chegada das pedras, sua situação imediata era perigosa. O Senhor Dídimo não conseguiria segurar os invasores por muito mais tempo. Ludo havia derrubado aos chutes as escadas que levavam ao alto da casa, de modo que eles ficariam presos ali a menos que houvesse outro meio de descer por fora. Nem mesmo as pedras, amigas de Ludo, poderiam ajudá-los ali em cima.

Sarah olhou por sobre o parapeito. Todos os duendes estavam reunidos na frente da casa, lutando para entrar atrás daqueles que forçavam o Senhor Dídimo a recuar. A viela atrás da casa estava vazia, o que deu uma ideia à garota.

Ela havia passado por um quarto com duas camas logo abaixo do telhado da torre. Os duendes ainda não haviam avançado até ali. Ela desceu desabalada. "Segure-os o máximo que puder, Senhor Dídimo", gritou.

"Será o maior prazer de minha vida, bela donzela", gritou de volta o cavaleiro.

Sarah rapidamente amarrou lençóis e cobertores uns nos outros, formando uma corda. Em seguida, correu de volta ao alto da torre, amarrou uma das pontas da corda a uma coluna no parapeito e jogou o restante pela lateral da estrutura. Ela olhou para baixo e foi grande seu alívio ao ver que a corda chegava quase ao chão. "Você primeiro, Hoggle", disse ela.

Ele hesitou. "Sou um covarde."

"Não é, não."

O homenzinho pensou por um instante, quase sorrindo. "Você tem razão. Não sou, não. Engraçado, sempre pensei que eu fosse." Ele agarrou a corda, ficou de pé sobre o parapeito e desceu até chegar ao chão. Então, segurou a corda para deixá-la mais firme para Sarah. A garota desceu.

"Ludo!", chamou ela. "Você é o próximo! Diga ao Senhor Dídimo para vir depois de você."

Vendo o corpanzil de Ludo emergir acima do parapeito, ela cruzou os dedos e rezou para que a corda suportasse o peso do monstro. Ela mal conseguia olhar.

Deu tudo certo. Ludo desceu, um pouco rápido demais, esfolando as patas, mas chegou são e salvo ao chão.

E agora era hora de o Senhor Dídimo empreender sua fuga. Os três amigos, olhando para cima, viram o pequeno mas possante cavaleiro chegar de costas ao parapeito, o braço que segurava o cetro golpeando freneticamente. Com a mão livre ele pegou a corda e deixou-se descer alguns centímetros pela lateral externa da torre. Então, eles o viram erguer o cetro e soltar a corda do parapeito. Ele despencou.

Sarah pressionou as bochechas com as mãos, a boca escancarada de horror.

Mas o habilidoso cavaleiro sabia o que estava fazendo. Com a mão que segurava o cetro ele agarrou o outro lado do lençol e abriu os braços. O ar encheu o lençol e ele desceu suavemente ao lado de seus amigos naquele paraquedas improvisado.

Sarah usou o fôlego que prendia para dizer, ofegante: "Senhor Dídimo! Por que fez aquilo?".

"Rogo-te, doce donzela", respondeu o Senhor Dídimo, "que ergas teus adoráveis olhos."

Sarah olhou para cima e viu, no topo da torre, um círculo de rostos perplexos de duendes que olhavam, furiosos, para baixo.

"Não desejarias tu que eles se reunissem a nós, desejarias?", indagou o Senhor Dídimo, os olhos cintilando.

Durante a fuga dos amigos, o ribombar das pedras aumentara, transformando-se em um rugido oceânico. Elas vieram às centenas, rolando pela planície em resposta ao chamado de Ludo e, quando atingiram os muros externos da cidade, começaram a se amontoar umas sobre as outras até que as que viessem em seguida pudessem subir pelos amontoados e saltar para dentro. Em pouco tempo elas apinhavam as ruas, nocauteando duendes como pinos de boliche e perseguindo impiedosamente aqueles que fugiam. Não havia onde se esconder. Os pedregulhos estouravam as portas das casas em que o exército buscava abrigo e, quando os duendes saltavam, espichados, pelas janelas, as pedras estavam logo atrás deles. Pelotões inteiros de duendes ficaram presos por rochas que se empilhavam contra as portas.

O comandante da artilharia, não sabendo lutar de outra forma, ordenou que o canhão fosse carregado e disparado contra as invasoras. Assim que o pavio foi aceso, uma pedra enfiou-se na boca do canhão, que explodiu, deixando o comandante parecido com um espantalho esfarrapado e enegrecido.

Sarah conduziu seus amigos pela cidadezinha caótica de volta à praça defronte ao castelo. Uma dupla de alabardeiros desgarrados os confrontou corajosamente diante das escadas. Às suas costas, Sarah ouviu um ribombar alto. Ela deu meia-volta e soltou um grito. Um pedregulho rolava na direção deles. Ele saltou por cima do grupo e caiu em cheio sobre os alabardeiros.

"Pedras — amigas", comentou Ludo, com um toque de orgulho na voz.

No alto das escadas havia uma porta alta e estreita esculpida grotescamente: a entrada cerimonial. Sarah a empurrou. Estava trancada e era muito sólida.

Ludo passou à frente da garota e derrubou a porta como se fosse feita de palitos de fósforo.

Dentro do castelo, um enorme corredor se estendia à frente do grupo. Ao final desse corredor, por uma porta aberta, eles viram o trono, com o abutre empoleirado no alto.

"Toby", sussurrou ela, que saiu correndo para buscá-lo. Se Jareth estivesse ali, ele não poderia detê-la agora. Nada poderia.

O salão estava deserto. No meio dele havia um berço, vazio. O relógio marcava três minutos para as treze. Em seu poleiro, o abutre se remexia, apoiando-se sobre uma pata, depois sobre a outra. Ele abriu o bico e emitiu um som que parecia uma gargalhada horripilante.

APARÊNCIAS

XVIII

"Toby", sussurrou Sarah outra vez, fitando o berço vazio.

O Senhor Dídimo olhava do rosto da garota para o berço. Ele ergueu o cobertor e o travesseiro, procurando embaixo deles, e meneou a cabeça. "Um cavaleiro excepcionalmente pequeno é o Senhor Tobias. Não consigo sequer vê-lo."

"Ele sumiu", disse Sarah. "Jareth o levou."

O abutre soltou como que um cacarejo seco.

Sarah sabia que Jareth não teria abandonado o castelo. Ele tinha de estar ali, em algum lugar, e Toby também. A única saída do salão, além do lugar por onde haviam entrado, era um lance de escadas ao lado do trono. Ela não conseguia ver para onde as escadas levavam porque a passagem fazia uma curva, mas uma luz bonita e cintilante irradiava dali. "Ele só pode ter ido por ali", declarou a garota.

Ela correu até as escadas, tomando cuidado para não pisar nos ossos de galinha meio roídos, nos tomates apodrecidos, nas peras esmagadas e em outros lixos que emporcalhavam o chão. O Senhor Dídimo, Hoggle e Ludo correram atrás dela.

"Não", disse Sarah, quando chegou ao primeiro degrau. Ela deu meia-volta e disse aos amigos: "Eu... eu tenho de enfrentá-lo sozinha".

O Senhor Dídimo, que já ensaiava suas estocadas e esquivas enquanto corria, ficou perplexo. "Por quê?", perguntou.

"Porque..." Era uma boa pergunta. "Porque é assim que se faz", respondeu ela.

"Quem disse?", tornou Hoggle.

"É o que todas elas dizem", explicou Sarah. "As histórias, todas elas."

Os três a encararam por um tempo. Vendo a decepção no rosto dos amigos, Sarah se sentiu arrasada. Mas ela sabia que tinha razão.

Por fim, o Senhor Dídimo disse, devagar: "Bem, se é assim que se faz, é assim que precisas fazê-lo". Ele ergueu o cetro, correndo os olhos semicerrados por ele. "Mas, se precisares de nós..."

"Sim", acrescentou Hoggle, "se precisar de nós..."

"Eu chamo", prometeu Sarah. "Obrigada. A todos vocês." Ela sorriu, sentindo-se constrangida em sua gratidão.

Então, a garota deu meia-volta e correu escada acima, na direção da luz cintilante.

Era um longo lance de escadas que fazia várias curvas em ângulos diferentes. Ela estava ofegante quando chegou ao topo e saiu para uma plataforma de pedra. O que ela viu a deixou estupefata.

Acima, abaixo, ou à sua volta — ela não conseguia distinguir — havia um amplo saguão de pedra repleto de tantos lances de escada, sacadas, janelas e portas a diferentes alturas e formando ângulos esquisitos entre si que a garota não fazia ideia do que era para cima ou para baixo, perto ou longe, dentro ou fora, para trás ou para frente. Superfícies invertiam-se conforme você as observava, curvas que se afastavam de repente se projetavam à sua frente, degraus para cima transformavam-se no reverso, pisos tornavam-se tetos, e paredes mudavam em precipícios. Naquele cômodo, parecia que a lei da gravidade havia sido abolida, e a perspectiva tinha sete dimensões. Se houvesse água ali, ela pareceria fluir para cima. Sarah se sentiu enjoada e tonta, e teve de se agarrar a um pilar para permanecer aprumada. "Não é possível", murmurou consigo mesma. Quanto mais ela observava o saguão, mais ele se alterava. Será que ele continua mudando, pensou, zonza, quando ninguém está olhando?

Com as costas contra a parede, ela se esgueirou pela plataforma. Se eu avançar passo a passo, pensava a garota, vou chegar lá. Se é que *existe* lá. Sarah continuou se esgueirando adiante, na esperança de que *fosse* adiante, e não para cima, ou para além ou através, até chegar a um ponto que, ela tinha quase certeza, era o ponto de onde partira. Sim, lá estava o alto das escadas, às suas costas. Ela começou a se esgueirar na outra direção, e seguiu até ouvir uma voz que vinha de algum lugar lá embaixo. Sarah sabia de quem era a voz.

"Eu estava esperando você."

Com uma inspiração profunda, ela caminhou devagar até a beira da plataforma. Para além dela, aparentemente sentado em uma parede vertical, estava Jareth.

"Onde está Toby?", perguntou Sarah.

"Ele está a salvo. Sob meus cuidados."

"Você não vai ficar com ele."

"Ah. E por que não?"

"Eu consegui chegar até aqui. Estou aqui."

Jareth deu uma risadinha. "Pura sorte."

"Cheguei até aqui. Devolva o Toby."

"Você não entendeu nada", disse-lhe Jareth. "Você não desvendou nenhum dos enigmas do Labirinto. Você não sabe sequer quais foram as charadas."

"Não foi esse o nosso trato."

Jareth jogou a cabeça para trás e riu. "Viu, é exatamente o que lhe disse. Você não entendeu nada."

"Você está errado. Eu acabei entendendo uma coisa muito bem. Você está só fingindo essa autoconfiança. Isso não me engana mais. Você está com medo, Jareth."

"E você também."

"Sim."

Por alguns segundos, eles se encararam, olhos nos olhos.

Então, Jareth começou a se movimentar, por todas as sete perspectivas, e Sarah observava sua movimentação. Ele parecia caminhar pelo teto e subir escadas que desciam. Ele dançava em paredes altas. E, enquanto se movia, o Rei dos Duendes dizia à garota: "Você é cruel, Sarah. Nós formamos um belo par, você e eu. Eu preciso de sua crueldade tanto quanto você precisa da minha".

Observando-o, Sarah sentiu os joelhos começarem a tremer. Ela havia caído em seu truque. Agora, já não sabia se estava olhando para cima ou para baixo, se a plataforma em que estava era sólida ou um espaço vazio. Tudo mudava sem parar, como um negativo fotográfico angulando com a luz. Ela abriu os braços, tentando manter o equilíbrio, mas não funcionou. A garota cambaleou, a cabeça girando, e sentiu que tombava. Ela caiu em um teto e tentou ajustar os sentidos. Trêmula, Sarah ficou de pé.

Então, ela viu Toby. Ele subia, engatinhando, um lance de escadas, ainda em seu pijama listrado.

"Toby!", chamou ela.

O bebê não respondeu.

"Toby!", gritou Sarah.

A única resposta que obteve foi a gargalhada de Jareth.

Ela tinha de alcançar Toby de alguma maneira. Sarah começou a descer um lance de escadas. Um movimento abaixo chamou sua atenção. Ela espiou debaixo da escada e viu Jareth caminhando em paralelo com ela, aparentemente de cabeça para baixo, como um reflexo no gelo. Ou talvez ela estivesse de cabeça para baixo. Ela correu para fugir dele, para pegar Toby. Jareth imitava todos os seus movimentos, como um reflexo no espelho, onde quer que ela fosse. A garota correu por uma sacada e, de repente, ele apareceu aprumado à sua frente, na outra extremidade. Ela girou sobre os calcanhares, correu de volta, e caiu com um baque doloroso. Jareth a observava, rindo.

"Vou pegá-lo", disse Sarah ao Rei dos Duendes.

Mas, em vez de responder, Jareth fez surgir uma bola de cristal e a atirou sobre um lance de escadas. Os olhos da garota seguiram a bola, que ela viu cair perto de Toby. Alegremente, o bebê subia, engatinhando, outro lance de escadas.

"Toby!", gritou Sarah, alarmada.

O bebê ficou encantando com a bola que quicava ali perto. Ele estendeu a mãozinha para pegá-la e, quando a bola passou por ele, Toby disparou em seu encalço. Sarah o viu se aproximar da beira da plataforma, de onde a queda era muito alta.

"Não!", gritou ela. "*Não, não!* Toby!"

Toby contornou a beira da plataforma e desceu engatinhando pela parede vertical, ainda perseguindo a bola, que quicava alucinadamente, desafiando todas as leis do movimento.

Sarah piscou. Aquilo era impossível. Jareth ria.

Ela começou a andar por uma linha de escadas que seguia na direção de Toby. Quando se aproximava dele, o bebê já estava engatinhando atrás da bola em outro plano, deixando-a encalhada ali. A garota o seguia outra vez e a mesma coisa tornava a acontecer. Ele se movia sobre um eixo com o qual ela não conseguia cruzar. E para onde quer que Toby engatinhasse, ele parecia estar prestes a cair de uma sacada, ou despencar por um lance inteiro de escadas de pedra.

De repente, Jareth apareceu atrás de Sarah. Ele colocou as mãos nos ombros da garota e a girou. Ela estava frágil demais para resistir. O rosto do Rei dos Duendes, encarando o dela, tinha uma expressão divertida. Ele dizia: Foi um jogo excelente, Sarah, mas agora é hora de parar, porque você nunca poderá vencer.

Com o canto do olho, a garota viu uma pequena movimentação. Toby engatinhava em direção ao peitoril de uma janela. Ela mexeu os ombros, tirando as mãos de Jareth dali, e olhou fixamente para o irmão. Não podia haver nenhuma ilusão de ótica desta vez. Do lado de fora da janela, pássaros voavam à luz do sol e Toby estava subindo no peitoril. Entre ela e o bebê estendia-se uma vasta parte do saguão. Ele vacilava sobre o peitoril agora, tentando ficar de pé. Sarah não poderia correr até ele, mesmo supondo que fosse capaz de encontrar um caminho até o bebê pelas superfícies enganadoras. A garota não tinha certeza, mas era possível que o bebê estivesse abaixo dela, e que ela conseguiria alcançá-lo com um salto: um salto de uma altura tão grande que ela quebraria todos os ossos do corpo na queda.

Jareth sorria, triunfante, para a garota. Era assim que a busca de Sarah terminava. Se ele não pudesse ficar com o bebê, ela também não ficaria. A garota observava o irmãozinho cambalear no perigoso peitoril, e um gritinho saiu de seus lábios.

Ela fechou os olhos e pulou.

Quando abriu os olhos novamente, ela não sabia ao certo onde estava. Podia ser outra parte do saguão. Sarah pensou que reconhecia o lugar, mas não conseguia situá-lo.

No entanto, alguma coisa havia mudado. Perto dela havia uma janela em arco conopial, sem vidros, pela qual a garota via a parte mais distante de uma ala do castelo. A estrutura estava em ruínas: a maioria das pedras do revestimento havia desaparecido e a grama crescia nos espaços que haviam deixado. O telhado dos torreões ruíra, e silveiras subiam até a abertura no alto da torre. Dentro do castelo, ali onde estava, ela ouviu no ar o zumbido que viera a associar a Jareth, mas nele havia um tilintar surdo, algo de desamparo, como música em uma casa abandonada. Na fenda entre as duas lajotas onde ela havia caído, Sarah viu que as ervas daninhas começavam a emergir. Ela se levantou e olhou ao redor. Não havia o menor sinal de Toby.

Jareth surgiu através de um arco sombrio, vestindo uma capa desbotada e puída. Seu rosto parecia envelhecido, esgotado. Em sua cabeleira loura viam-se alguns toques de cinza.

Por quanto tempo ela estivera ali? Sarah não percebia nenhuma mudança em si mesma.

Jareth a aguardava de braços cruzados. Ela foi até ele. "Devolva a criança", disse a garota.

Ele hesitou antes de responder. "Sarah — cuidado. Tenho sido generoso até agora, mas posso ser cruel."

"Generoso!" A garota deu mais um passo adiante. "O que é que você fez que foi tão generoso?"

"Tudo. Fiz tudo o que você quis." Ele recuou de um passo, voltando à sombra do arco. "Você pediu que a criança fosse levada. Eu a levei. Você se acovardou diante de mim. Eu fui assustador."

Afastando-se dela com mais um passo, ele fez um gesto no ar. "Reorganizei o tempo", disse o Rei dos Duendes. O relógio de treze horas havia aparecido e pairava acima de sua cabeça. Seus ponteiros giravam depressa. "Virei o mundo de cabeça para baixo."

Sarah continuou avançando, os braços estendidos, na direção dele. Ele recuou ainda mais nas sombras.

"E fiz tudo isso por *você*", disse ele, balançando a cabeça. "Estou cansado de satisfazer suas expectativas. Isso não é ser generoso? Não se aproxime!" Ele ergueu as mãos como que para mantê-la afastada e deu mais um passo para trás. Então repetiu, desta vez mais alto: "Não se aproxime!".

Sarah entreabriu os lábios. "Enfrentando perigos indizíveis e dificuldades sem conta, lutei para percorrer o caminho até aqui, ao castelo para além da Cidade dos Duendes..."

"Ouçam!", disse um duende que estava em um ninho a um canto escuro do castelo.

Jareth recuava, passo a passo, subindo um lance de escadas atrás do arco.

Sarah continuou avançando, passando pelo arco.

"...para pegar de volta a criança que você roubou", declamou ela. "Pois minha vontade é tão forte quanto a sua..."

"Pare!" Jareth ergueu a mão espalmada para ela. "Espere! Sarah, veja — veja o que posso lhe oferecer." Ele elevou o braço esquerdo e fez um gesto amplo com a mão, e nela surgiu uma reluzente bola de cristal. O Rei dos Duendes a girou nos dedos, sorriu languidamente, e disse: "Ela vai lhe mostrar seus sonhos. Você se lembra".

Sarah deu mais um passo à frente.

"...e meu reino igualmente grande..."

"Ela vai dizer", sibilou um duende.

"Ela vai dizer as palavras", engrolou outro, agitado.

As escadas atrás de Jareth desciam agora, e ele as descia lentamente, de costas, enquanto Sarah se postava mais acima. "Eu peço tão pouco", disse ele, girando o cristal. "Apenas confie em mim, e vai poder ter tudo o que quiser... tudo o que sempre sonhou... seus sonhos, Sarah..."

A garota havia parado de avançar e agora franzia o rosto. "...e meu reino igualmente grande...", disse ela. "Droga!"

Um duende meneou a cabeça com firmeza. "Não é nada disso. Nunca."

"Shhhh!", disse outro.

Sarah cerrava os punhos com força. Seus pensamentos eram frenéticos. Quais eram as palavras certas?

Jareth deu um passo na direção dela. Ele precisava que a garota confiasse nele. "Basta ter medo de mim, me amar", disse-lhe ele, com a voz suave, "e fazer o que eu digo, e eu... serei seu escravo." Ele estendeu a mão para Sarah e recuou mais um passo nas escadas.

"Nah." Um duende meneou a cabeça feiosa. "Não parece que ela vai dizer, não é?"

Os dedos de Jareth estavam próximos do rosto de Sarah.

A garota permaneceu onde estava e engoliu em seco. "Meu reino é igualmente grande...", murmurava ela, "...meu reino é igualmente grande..." Ela viu o cristal girando nos dedos do

Rei dos Duendes e sentiu nos lábios o calor da mão que ele lhe estendia. A garota arfou e, de algum recesso inspirado de sua mente, as palavras saíram de um jorro.

"Você não tem poder sobre mim."

"*Não!*", gritou Jareth.

"Não!", exclamaram os duendes, perplexos.

Um relógio começou a badalar.

Jareth lançou a bola de cristal no ar, onde ela ficou pairando, transformada em uma bolha. Sarah olhou para ela e viu o rosto de Jareth, distorcido sobre a superfície iridescente de reflexos inconstantes. A bolha flutuou suavemente na direção da garota, que lhe estendeu dedos fascinados. Ao tocá-la com as pontas dos dedos, a bolha estourou. Uma névoa de gotículas de água pairou no ar, descendo na direção do Rei dos Duendes.

Mas Sarah viu que Jareth havia desaparecido. Ela ouviu sua voz, pela última vez, gemendo: "Sarah... Sarah...". A capa que ele usava acomodava-se, agora vazia, no chão. Um raio de luz revelou uma pequena nuvem de partículas de poeira elevando-se da peça de roupa.

O relógio continuava a badalar.

Com um último farfalhar lento, a capa se assentou, imóvel, no chão. Quando o relógio soou a décima segunda badalada, uma coruja branca saiu de sob a capa, alçou voo e começou a descrever círculos acima da cabeça de Sarah.

Lágrimas desciam pelas bochechas da garota.

BOA NOITE

XIX

Sarah fechou os olhos para estancar as lágrimas e secou as bochechas com a palma das mãos. "Tenho de parar com essa mania de chorar", disse ela, em voz alta, como que para se distrair de sua tristeza. "Também tenho de parar de levar sustos, engolir em seco, tremer, gritar e ser normalmente dramática quando..." Então, ela lembrou que, mais uma vez, não havia encontrado Toby, e abriu os olhos, assustada.

A coruja branca ainda esvoaçava acima dela mas, em outros aspectos, o cenário havia mudado. A garota estava de pé, nas escadas de sua casa, e estava escuro lá fora.

Ela ergueu os olhos para encarar a coruja. A ave descreveu ainda um último círculo no ar, encontrou uma janela aberta e saiu voando pela noite. No instante seguinte, Sarah estava subindo depressa as escadas, dois degraus por vez, e gritando: "Toby! Toby!".

O bebê estava no berço, dormindo profundamente. Ela não resistiu e o pegou no colo, aconchegando-o contra o corpo. Ele abriu os olhos sonolentos, pensou em chorar, mas decidiu que estava muito bem como estava, então, sorriu. Sarah pegou Lancelot do chão e colocou o ursinho nos braços do irmão, dizendo: "Pegue, Toby. Ele é seu agora". Então, ela o colocou no berço outra vez e o cobriu. O bebê adormeceu no mesmo instante.

Sarah permaneceu ali com o irmãozinho por um longo tempo, observando-o respirar tranquilamente, com Lancelot nos braços.

De volta ao próprio quarto, a lua cheia brilhava para além da janela. A garota deixou as cortinas abertas, para poder contemplá-la. Se fosse logo para a cama, seu brilho ainda entraria pelo quarto quando apagasse a luz. O despertador ao lado da cama mostrava que já passava da meia-noite. Os pais chegariam da apresentação a qualquer minuto.

Sarah se sentou à penteadeira e pegou a escova de cabelo, mas sua atenção foi atraída para as fotografias que tinha em volta do espelho: a mãe e Jeremy, sorrindo um para o outro, como jovens apaixonados, o pôster autografado, as fofocas sobre o romance. Decidida, ela começou a removê-los, um a um, do espelho, dando uma olhada rápida em cada um deles antes de guardá-los em uma gaveta.

No entanto, uma fotografia permaneceu na penteadeira: aquela em que estavam o pai, a mãe e ela, aos dez anos de idade. Sarah a endireitou. Então, foi pegar a caixinha de música para colocá-la na gaveta, junto com os retratos e recortes, empurrando-os para o fundo.

Lá embaixo, a garota ouviu a porta da frente se abrir e fechar. A madrasta chamou: "Sarah?".

Ela não respondeu de pronto. Estava segurando seu exemplar de *O Labirinto*.

"Sarah?"

"Espere", sussurrou Sarah. "Estou encerrando um capítulo de minha vida. Espere só um pouco." Ela hesitou e acrescentou, ainda em um sussurro: "Por favor". A garota colocou o livro na gaveta junto com os demais objetos, e continuou com a mão sobre ele ali.

"Sarah!"

Ela o deixou por um instante, e respondeu: "Sim. Sim, estou aqui". Então, olhou para a gaveta e suspirou. Em seguida ela disse, bem alto: "Bem-vindos de volta".

"*O quê?*" A madrasta, que despia o casaco lá embaixo, hesitou, confusa. "O que você disse?", tornou ela.

Sarah abriu a boca, mas tornou a fechá-la. Uma vez era suficiente, pensou ela. Uma vez estava bom. Mais que isso seria exagero. Eu quase passei dos limites lá, sorriu ela para si mesma, e fechou a gaveta.

A garota aprumou-se e, na janela escura, viu o próprio reflexo contra o luar. Atrás de seu reflexo estava Ludo.

"Ludo — adeus — Sarah", disse ele.

Ela se virou com um gritinho de alegria. O quarto estava vazio. Sarah verificou a janela outra vez. O Senhor Dídimo estava ali.

"E lembra, doce donzela, se algum dia precisares..."

"Eu chamo", disse a garota, e deu mais uma olhada em redor do quarto. Estava vazio, é claro.

O Senhor Dídimo tornou a surgir, apressado, na vidraça. "Esqueci-me de dizer, também, que, se algum dia vieres a pensar em casamento..."

"Certo", disse-lhe Sarah. "Adeus, bravo Senhor Dídimo."

A imagem do cavaleiro desvaneceu. Sarah manteve os olhos fixos na janela. Ela não teve de esperar muito. Hoggle surgiu detrás da cama. "Sim, se algum dia precisar de nós... por qualquer razão *que seja*..." Ele a fitou por sob as sobrancelhas peludas e começou a desaparecer.

"Hoggle", disse Sarah, "eu preciso de você. Preciso de todos vocês."

"Às vezes", observou o Sábio, "precisar é... deixar ir."

"Ah, *nossa!*", disse seu chapéu. "E isso é só para começar."

Do lado de fora da janela escura, a coruja branca, um símbolo da observação e da espera, estivera empoleirada com suas garras cravadas em um galho por todo esse tempo. Agora, alçava voo por sobre o parque, em silenciosas asas de veludo, subindo em direção à lua cheia. Ninguém a viu, branca à luz do luar, negra contra as estrelas na imensidão.

FIM

BRIAN FROUD
GALERIA DE ILUSTRAÇÕES

As páginas a seguir trazem desenhos conceituais nunca antes vistos dos duendes e das criaturas de *Labirinto*, criados entre 1984 e 1985 por Brian Froud, colaborador de longa data de Jim Henson e ilustrador de fantasia mundialmente renomado. Froud foi de fundamental importância para a concepção de *Labirinto* e muitos de seus desenhos acabaram reunidos em *The Goblins of Labyrinth* [Os Duendes de Labirinto], um livro de arte lindíssimo que levou os leitores a mergulhar mais fundo no processo criativo de Brian para o filme.

Os desenhos ora reunidos são fruto do estágio de concepção do filme, quando Brian e Jim trabalhavam na Oficina de Criaturas de Jim Henson para construir o mundo de *Labirinto* e tirar os desenhos de Brian do papel, transformando-os em bonecos totalmente operacionais. Estes desenhos conceituais nunca foram vistos pelo público e permaneceram nos Arquivos da The Jim Henson Company desde que Froud os criou. Como parte do esforço contínuo da Archaia de documentar o legado de Jim Henson, temos orgulho de apresentar uma visão mais profunda da genialidade de Brian Froud e homenagear a colaboração que deu a Jim em um dos filmes de fantasia mais apreciados de todos os tempos.

Stephen Christy
Los Angeles, Califórnia

Fig

a
b.

pegs

6
coiled

IV

VOLTAS E REVIRAVOLTAS

AS PRIMEIRAS IDEIAS

1983

Na semana que precedeu o lançamento do primeiro filme de fantasia de Jim Henson, *O Cristal Encantado*, em 17 de dezembro de 1982, grupos de convidados foram selecionados para assistir às primeiras exibições públicas do filme em Nova York, Los Angeles e São Francisco. Depois da terceira exibição, Jim, seu designer conceitual Brian Froud e a esposa e criadora de bonecos Wendy voltavam, de limusine, do Instituto de Belas Artes, onde o filme havia sido exibido, e refletiam sobre o feito que juntos realizaram. Como lembrou Froud, quase 25 anos depois, Jim já estava propondo que começassem a discutir a respeito de um segundo filme juntos. Froud ficou entusiasmado e sugeriu uma história com duendes, envolvendo talvez a travessia de um labirinto. A ideia agradou Jim, pois podia associar seu interesse por mitologia e folclore (inspirado pelos estudos da filha, Lisa, na Universidade de Harvard) e seu gosto por jornadas encantadas, como as suas favoritas da literatura: *Alice no País das Maravilhas* e *O Mágico de Oz*.

Os Froud voltaram para casa, na Inglaterra, e Brian começou a criar uma série de aquarelas que retratavam suas concepções visuais, começando com um bebê em meio a um grupo de duendes. Jim tirou umas férias, das quais muito precisava, e passou duas semanas em Aspen, Colorado, com a família. Em seguida, deu início a uma turnê de dois meses e meio para promover o lançamento internacional de *O Cristal Encantado*. Havia ainda o alvoroço em torno da estreia da primeira temporada de *Fraggle Rock*[1] nos canais HBO e CBC, e, paralelamente a algumas aparições públicas promocionais, Jim passou alguns dias "fragglando" (de acordo com a anotação em seu diário) no estúdio de Toronto. Dada a sua imaginação inquieta, não havia dúvidas de que Jim, apesar de tudo o mais, também estava direcionando parte de sua energia criativa para sua conversa com Froud. Seguiram-se reuniões em Londres, no final de janeiro, e Brian e Wendy Froud, Jim e o escritor Dennis Lee começaram a formular sua fantasia. No início de março, Jim conseguiu encontrar tempo para colocar suas primeiras ideias no papel.

Durante um voo do Japão para a Austrália, Jim abriu um caderno de anotações em branco, de capa dura envolta em tecido, e nele escreveu seu nome e suas informações de contato. Colocou a data na primeira página, anotando que estava em Tóquio, e na página oposta desenhou uma criatura parecida com um dragão, com escamas que lembravam um labirinto. Ele arriscou alguns títulos: *The Labyrinth. The Maze. The Labyrinth Twist. The Tale of the Labyrinth.*[2] Jim sabia que, além de cenários e personagens criativos, uma história envolvente deveria ser a principal preocupação ao desenvolver seu próximo filme. Mas, em vez de começar com uma trama, Jim não pôde resistir ao impulso de começar sua exploração com descrições de personagens específicas, locais, e especialmente de "episódios" — momentos na história em que a personagem principal, chamada Taya inicialmente e por fim batizada como Sarah,

1 No Brasil, a série recebeu o nome de *Fraggle Rock, a Rocha Encantada*.
2 As palavras "labyrinth" e "maze" são sinônimas.
Os outros dois títulos poderiam ser assim traduzidos, respectivamente: "A Curva do Labirinto", "O Conto do Labirinto".

seria desafiada com um enigma ou precisaria fugir de uma situação perigosa e esquisita a fim de avançar no labirinto.

Jim logo pensou em uma interação entre um rei, seu bobo da corte, e um Buda gigante. Abordando o projeto como diretor e ator, ele já imaginava os ângulos das câmeras e o modo como mecanismos específicos poderiam proporcionar movimentação realística a suas personagens. Ele descreveu uma sala repleta de cobras e sugeriu uma maneira de fazê-las serpear pela área usando um sistema interno de cordas puxadas em direções opostas. Uma ideia parecia realizar os sonhos de todo aquele que maneja bonecos: "algo com seis dedos", anotou ele. Como isso seria útil para alguém que trabalhava na mesma linha de Jim! Ele queria que os envolvidos na aventura se deparassem com situações surreais, com perspectivas reversas e ilusões de ótica. Com uma única palavra, "Escher", ele delineou a ideia para o que viria a ser uma das sequências mais instigantes do filme, em termos visuais: Jareth cantando "Within You" na sala repleta de lances de escada, inspirada nos desenhos do artista holandês M.C. Escher. Jim lembrou a si mesmo que havia infinitas formas de criar visuais surpreendentes, e anotou "Encontrar um químico" para explorar as propriedades da fumaça. Ainda, perguntou a si mesmo se seria muito perigoso explorar as intrigantes qualidades de uma poça de mercúrio.

Embora Jim imaginasse instintivamente, em primeiro lugar, os incidentes provocados pelas criaturas e seus efeitos, ele não descuidou da importância do desenvolvimento da trama e começou a fazer anotações nesse sentido. Voltando a seus trabalhos experimentais existencialistas da década de 1960, como *Time Piece*, *The Cube* e *Tale of Sand*, Jim bateu-se com questões de ilusão versus realidade e como uma pessoa reage quando se depara com situações desconcertantes. Ele percebeu uma necessidade de pesquisar o significado histórico por trás de um labirinto, e acabou por expandir seu estudo, pedindo a colegas que conseguissem material sobre humor visual, quebra-cabeças, magia, ícones do cinema e arquétipos de clássicos dos contos de fadas. Talvez inspirado por seu trabalho em *Fraggle Rock*, Jim começou a formular para o filme uma filosofia que tinha por foco o perdão e a compreensão, enfatizando as formas como aprendemos a compreender o ponto de vista de outras pessoas.

Jim continuou acrescentando ideias a seu caderno de anotações durante a primavera e o verão de 1983. Ele havia recrutado Dennis Lee, o Condecorado Poeta de Toronto (e letrista de *Fraggle Rock*), para ajudá-lo a desenvolver uma narrativa. Após alguns encontros, muitas correspondências, e com a inspiração do trabalho artístico de Brian Froud, Lee produziu uma "novela poética" que esboçava uma história de passagem à idade adulta, ambientada em um mundo de duendes, monstros peludos e construções animadas. Jim consultou inúmeras pessoas quanto à história, desde sua equipe criativa interna e o produtor de *Fraggle Rock*, Larry Mirkin, até um editor da *Vanity Fair* e o produtor executivo de cinema, George Lucas. A novela de Lee tornou-se, então, a base para o roteiro escrito por Terry Jones e Laura Phillips, o qual, por sua vez, foi a base para o livro de A.C.H. Smith.

Com seu caderninho de anotações, Jim havia iniciado um caminho sem saber aonde ele daria, em termos de produção cinematográfica. "Afinal", disse Jim, nas anotações de produção do filme, "a vida é uma espécie de Labirinto, com todas as suas voltas e reviravoltas, seus caminhos retos e seus ocasionais becos sem saída." Para nossa sorte, as andanças manuscritas de Jim levaram-nos ao riso, ao pensamento imaginativo, e àquele momento mágico entre o sono e o sonho, no qual tudo é possível.

Karen Falk
Diretora de Arquivos
The Jim Henson Company
Long Island, Nova York

JIM HENSON
DIÁRIO DE CRIAÇÃO

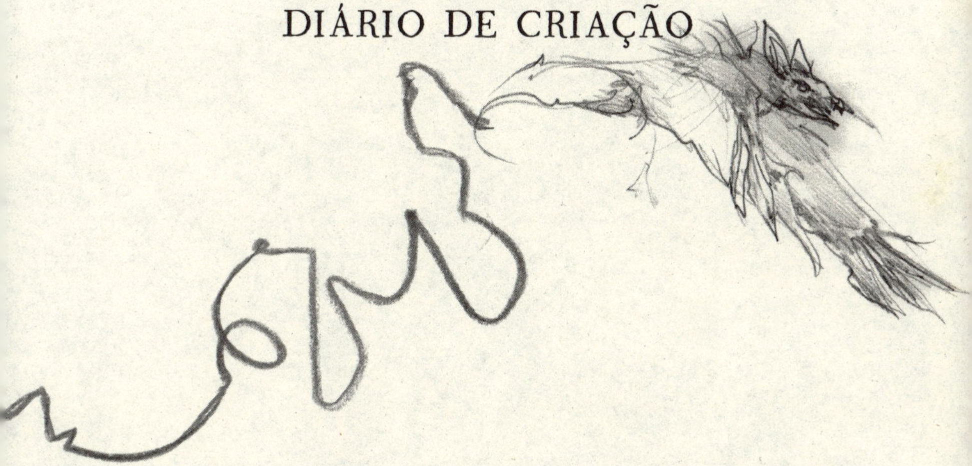

– Jim HENSON –

NEW YORK CITY
212 - 794 - 2400

LONDON
431 - 1885
431 -

March 1983

the Labyrinth

the Maze

the Labyrinth Twist

The Tale of the Labyrinth

Random incidents in the LABYRINTH

King & Jester got themselves locked in cage —

large hand grasps top of cage -- cut to wide shot

also able
hold in the
hand

large Buddha type figure lifts cage – use 6" figures of K + Jester – make radio controlled miniatures

large figure sits squeezed into space + no words – very deep synthesized voice

use arms inside foam arms

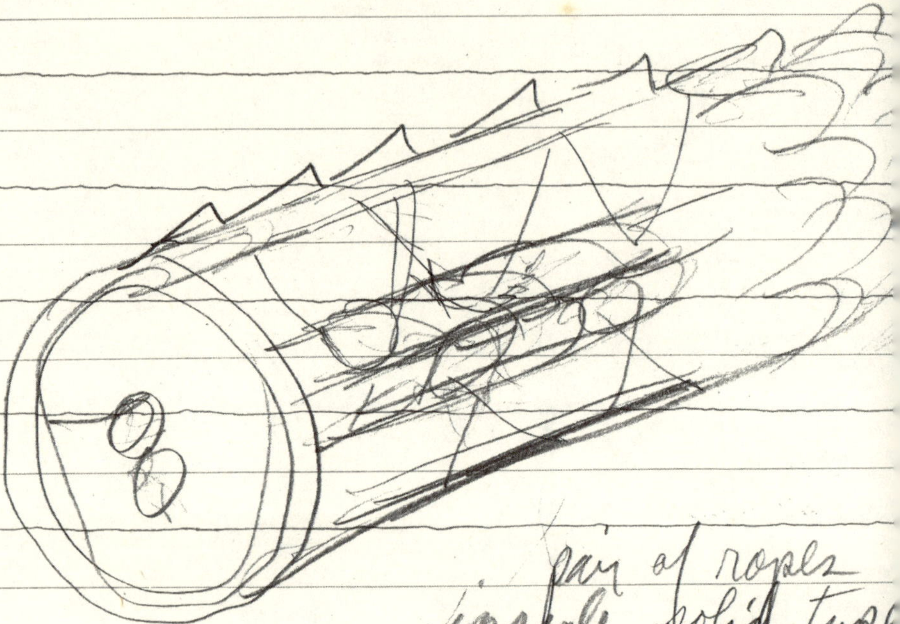

pair of ropes
inside solid tube
of foam - covered with
cast scales - able to pu
the ropes against each o
for internal coily movemen
also have wires to attatch to
rope to anchor to foam

Snake - serpent chamber

an area filled with serpents -
generally very large -
operated from behind -
latex skin over ropes

Surrealism

encounter statues of themselves?

symbolism — keys/clues —
word keys?

things which mean something
keep turning up

reverse perspective? Escher

play with sizes — small and
very dangerous?

— humor — sometimes strange

places to change

- start out as one thing - shift into something else -

open space - desert - becomes closed in - claustrophobic

- use some natural locations take with us doorways - architectural details - carved pieces

huge face appears in the landscape - as part of mountain

<u>Oxford Scientific</u>

insects – aerial image

pinhole camera

flying ray-type fish

RESOURCE → RESEARCH

What is the meaning of a Labyrin

What Kinds of puzzles are possible

What can we learn about ancient labyrinths?

Games – a la tic tac toe – don't need explanation

Riddles

THINGS to Remember —

puddles of mercury
can travel around - also
waterfall or trickle of
mercury? how dangerous?

Disney Epcot spurt fountains -
short jets

find chemist - what can he
discover for us - smoke -

walking tree - other things with
multiple people inside

King + Jester to be real with masks – develop unique walk – movement not natural

larger version of Jester could enable us to put an acrobat in the figure – possibly a child – only go up 50% or so

King could carry staff – capable of some magic – changes to sword?

Jester carries stick with head on it – makes comments – or wa wa – woo woo at inappropriate moments

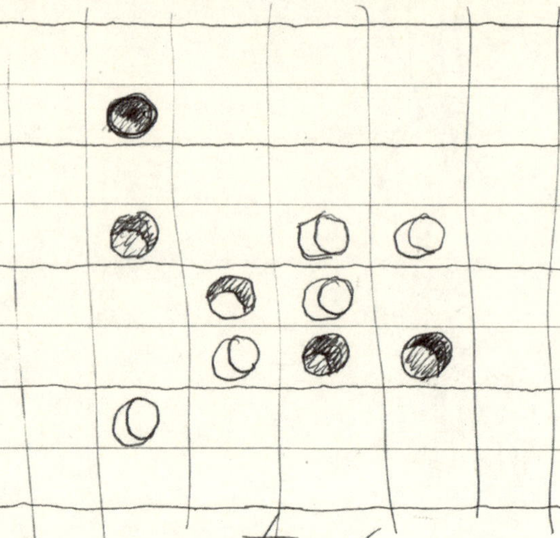

as our guys touch space - hole slides out/ - other player moves by rock sliding towards us.

perhaps Jester plays - wins - door opens - along line of win?
he goes Aha + goes thru
King steps forward but door slams in his face - he plays + loses

Play Game

pieces in stone →

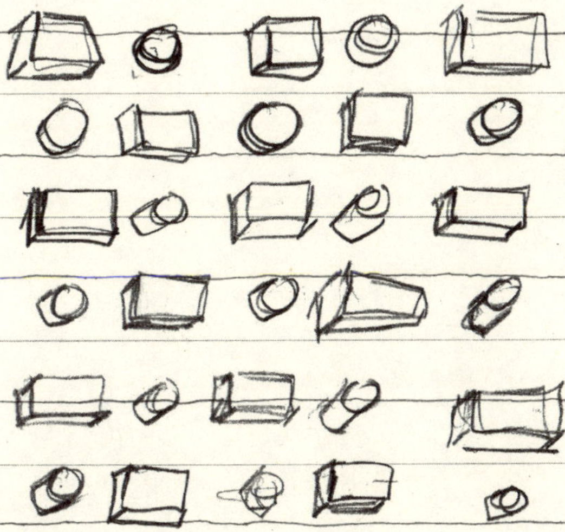

Carvings that move –

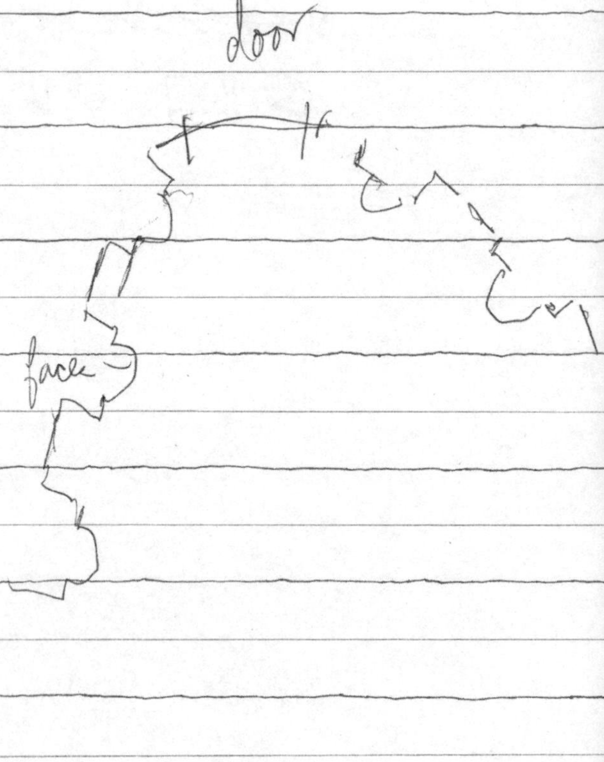

Elaborately carved Gallery of faces —

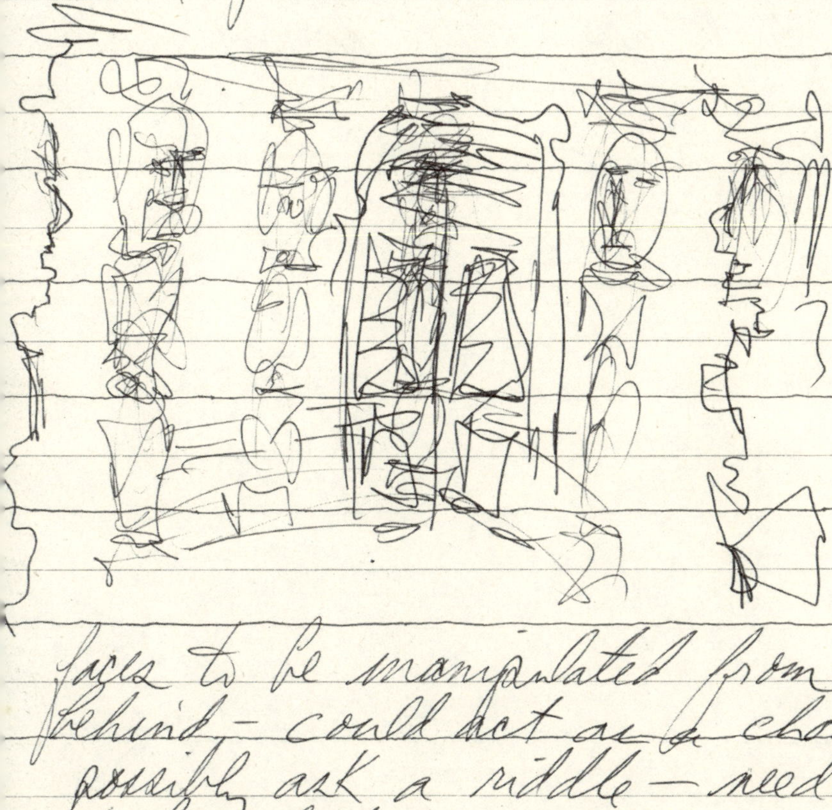

faces to be manipulated from behind — could act as a chorus possibly ask a riddle — needs to be solved —

the door could be carved

an area filled with jewels –
pluck one + a drop of blood
appears –

area of dry ice smoke -

King walks thru ~~to~~ waist deep
Jester's head pops up from time to time - play for humor -

sound of splash - he yells for help -
King pokes with his staff to find him

fog could blow away & we're in a completely different environment

this would mean we stay with this scene - then go into the maze with King & Jester after the court (realizes) Kidnapping scene, etc.

—AS THEY GO INTO LABYRINTH—

we see a faint transparent image of themselves shrink down to an inch tall or so – King + Jester talk – "what is happening?"

the background people – shot from floor level thru diffusion – are all in slow motion – wild jubilation-type things going on – the Queen dancing – the baby throwing food etc –

Then transparent version of black King/weird person comes out of his body + speaks to them – (he stays large) The game is now real – picks them up – (huge hand) and drops them into the game – perhaps in the slo-mo background we see the queen notice the King – do a take + then cut to real time –

invariable or
nearly invariable

MUSIC

have Trevor work with
Medieval instruments + synthesizer
totally different sound - back to the
ideas that we were working with before

What is philosophy of film
what are we trying to say
attitude toward | God
Religion
Woman

forgiveness – understanding –
acceptance of other POV

King ⟷ Jester

Spirit Matter

opposites

Shape-changer being all the foes

creature made of flames

multi creatures – in some narrow claustrophobic area – like rats or rodents or maybe some area populated by <u>lots</u> of creatures

Front projection — see edge —
another image on back
— then 3-D creature charges

age — 35 years later
illusion

conversations with Death/Wisdom

SHOP

Mike McCormick – Linda
Tad
Rollie – Art ? – Jane G
Sherry
Wendy
David B
Lyle – Aug.
Connie.

Amy
Bob P.

Elliot Scott – designer

CAST

Simon McCorkendale (Jaws 3-D)
Michael Gothard
Kevin Klein

Girl in El Nido - w/ small man

Names

Hoggle Wirt

Shape Shifter – Shape Changer
King of Goblins

Baby

Ludo
Didymus

Jareth – King of Goblins
becomes Torquil

Sleeping environment

faces in rocks - trees - evil place woos her to sleep - treacherous

Ragged Band

Great Beast STRONG

Small + feisty

Humorous conjurer — King of Goblin

crowds of people in FIRST world — jammed in narrow streets — all masked?

Labyrinth represents all pitfalls of the world above

cycle of King above reborn in ba[illegible]

Cinderella type - others better qualified

other versions of herself?

encounter other people who didn't make it through the Lab.

Time Clock w/ Goblin King + baby – to Death?

set up situations – make mistakes

something terrible happens to her – warts on face?

she has illusions that get destroyed

Saying no sends her through – yes would have meant she was the wrong one.

Someone gives her a stick/staff

May 9
meeting

animals — unique strange
cuddly — kitten — other animal & do this
Moorish castles?

Zoo person consultant

dance —

get piper from Dark Crystal
to see what he could play

Music

Song by Tonquil – w/ pan pipes

dance of death

lullabye for baby

July 25, (83)

the central castle should be taller so as to be seen from different places en route - could look quite close at the beginning

WORLDS

Scrambled Senses
First World - pick up somebody?
Medieval Town

Woods of Error

Dream

Giant

Island
Didymus - belt
Bandits -
Torquil
Giants House
Medieval -

Scrambled Senses – Rotunda

emerge from crack into lobby-rotunda of
Escher – stairs – arches – newel posts
with round balls –
Hoggle-bounce ball – wrong way –
mirror image – can throw ball
thru mirror
white marble
find way out – ball goes thru
impossible line of set – Taya
follows
part of set on centrifuge – hoggle
runs over + around

Garden

high wall - stone -
flowers - fountain - view of Jareth's tower
birds singing
sunny moment of pause - thru window

three arches - & exit -

pond - 5 stepping stones - center one sinks

- into hedge maze

some walls - ivy covered

not big deal - go into blind alley
Hoggle waiting for her -

into -

Courtyard -

statue - - 4 large bolted doors
rhythme about whats behind each
Toby impatient - stomps foot to
open - swept - sucked into -
down stairs - cellar - mossy
smelly lands in gook - Cesse P.
slimy creatures - ~~~~~~~~
GO TO CASTLE
tries to retrace steps -

[CASTLE]

Jareth playing boring game
makes moves - w/ gesture
creature loses - goes up in flames
Jareth picks up weapon - walks
across floor pretends fall & yell
one guy looks around - Jareth sha
pick your poison - guy picks - game
begins - bird arrives - 2 moves in
guy realizes he's lost - runs - Jareth desto

the PITS

looking where door was - Hoggle pick up latern - strange creatures mouth doorway - slams behind - moans - LUDO

save Ludo - Beast comes they battle Beast - just in time Ludo grabs Beast throws him in trap - they go on - Ludo following but they don't know it - up circular stairs Ludo panting behind + reveal!

Ludo raises stone slab

ISLAND

Island person - female haven - food - sleep? Hoggle takes boat - Taya wakes panic - Hoggle returns - they depart in boat - gets dark into canals - Taya makes decisions - into glassy canals into vertical water -

into

JIM HENSON não é a mamãe. Ele é o pai do Caco, o Sapo; da Miss Piggy; de Beto e Ênio; do Gonzo e do Urso Fozzie; de Garibaldo; de Dino e do Baby da Silva Sauro, entre inúmeros personagens que marcaram a infância de todas as muitas gerações nascidas nos últimos cinquenta anos. Contribuiu com George Lucas, fã assumido dos Muppets, no desenvolvimento do mestre Jedi Yoda. Roteirista, diretor, manipulador e dublador de fantoches, Jim Henson foi um artista completo, que o mundo teve a tristeza de perder em 16 de maio de 1990. Saiba mais em henson.com.

A.C.H. SMITH é um escritor e dramaturgo inglês. Sua obra inclui mais de doze romances e vinte peças teatrais. Smith se especializou na novelização de roteiros cinematográficos, entre eles as versões literárias de dois filmes de Jim Henson, *Labirinto* e *O Cristal Encantado*. Para adaptar *Labirinto*, A.C.H. Smith se divertiu bastante consultando o roteirista original do filme, o Monty Python Terry Jones, e incluiu no livro cenas cortadas do longa-metragem. Saiba mais em achsmith.co.uk.

Por mais de 35 anos, **BRIAN FROUD** tem sido considerado o preeminente artista e ilustrador de fantasia e uma autoridade em fadas. Seu best-seller internacional, *Faeries*, feito em parceria com Alan Lee, ilustrador das obras de Tolkien, é um clássico moderno. Seu trabalho marcante com Jim Henson como designer conceitual dos filmes *O Cristal Encantado* e *Labirinto* estabeleceu novos padrões para o design, o uso de marionetes e a animatrônica no cinema e são considerados marcos na evolução dos efeitos especiais. Saiba mais em worldoffroud.com.

As the pain sweeps through/ Makes no sense for you
Every thrill is gone/ Wasn't too much fun at all
But I'll be there for you-ou-ou/ As the world falls down

CONTINUAREMOS PERDIDOS NO LABIRINTO.

– INVERNO 2016 –

GO
Jim HENSO
NEW Y
212-
LONDO
431-
431-
the LABYRINTH